火星撒拉

第1章。

奇怪的影子

我在那段时期的经历如此激动，到处都是发狂的动作和强烈的情感，每个美好的时刻都变得如此拥挤，我现在所发现的生活条件完全改变了，我很难回忆起所有的细节发生在我的非凡发现之前，那件事开启了地球与火星之间的交流。有人建议说"发现"，但不要以为通过任何认真和系统的研究与火星建立了联系，或者我拥有天文科学的微妙天才，注定要向社会介绍什么最终彻底改变了它。与事实相距无远。在我从事绝对平凡的职业的日常工作中，突然间突然被几乎可怕的启示震惊了，而当时我正在从事一种完全无关紧要的实验。尽管有一个奇迹是，很久以前就没有发现火星射线已经席卷了我们的星球长达数个世纪。但这正预料到我的故事。

我已经三十岁了，那年春天，我乘船从普罗旺斯出发，从纽约驶出纽约，前往巴黎。寻求愉悦并不是我的目的，而是决心将我在美国的八年经验转向某种有利可图的谋生手段，这使我得以踏上旅程，尽管我满怀期待地期待着认识我在巴黎接受过五年培训的我的一些同学。

我的旅行和随后抵达巴黎的活动都没有任何特别有趣的事情，初夏的一个阳光明媚的早晨，我发现自己很舒服地住在我以前是学生的时候住过的房子里。与我房间顶部相连的房间相连，这是我以前用作实验室的一个相当大的尺寸，现在我打算进行装配以达到相同的目的。日光通过天窗进入房间，尽管非常适合艺术家的工作室，但它同样满足了我的目的。

我花了几天的时间购物，才收集了许多新的仪器和设备，并急切地开始工作。一个晚上，当我浏览报纸的各栏时，我的注意力被一篇特别感兴趣的文章所吸引。这就提出了对玻璃替代品的巨大且不断增长的需求，这种替代品将在各个方面满足目的，同时又坚不可摧，并且是良好的声音传承。文章最后列举了这种替代品无价的多种用途，暗示了发明人可以利用的巨大财务可能性。我考虑得越多，就越想测试几种理论，这些理论很快就浮现在我的脑海，第二天早晨，我决心立即开始实验。从理论上讲，我看到了人为地增加原子运动产生的问题的解决方案，并且鉴于该对象，我开始工作。

我的实验涉及我数周的辛苦工作，直到夏天快结束时，我才承认自己取得了重要的成果。我现在有一种外观类似于玻璃的物质，尽管其成分差异很大，但我将其制成薄膜，非常薄并且对振动非常敏感。穿过该薄膜的是由各种金属制成的细长线，它们之间的间隔约为1英寸，这不仅使该薄膜具有刚性，而且还使电流通过该薄膜，从而引起了很高的原子振动状态。电流由置于厚重盒状框架中的小开关控制，该框架将胶片的四个侧面定界，并在其中装有电池，线圈等。四个脚被固定在这只脚上，支撑着普通桌子的高度从地板上。整个设备的尺寸约为7平方英尺。

这种薄膜物质含有某些元素，我发现这些元素对于确保所需的搅拌强度是必不可少的。我花了将近一个月的时间来确保获得我想要的优质产品，并且我期待测试能够感觉到，如果我实际上没有达到目标，那么结果将证明我已接近目标。

当我的设备准备好进行测试时，终于到了一天。我整个下午都在工作，给画龙点睛的东西，但是它变得越来越暗，直到我才意识到。但是现在一切都准备好了，移动开关，我将电流通过合成器。正当我即将开始测试时，我注意到似乎有人在电影表面上移动的微弱阴影。我最初的想法是有人在我不知情的情况下进入了房间，他的身影已经反映在胶片的表面上，这是高度釉面的，但是扫视房间就向我保证了这种解释是站不住脚的。此外，经过进一步调查，我发现胶卷处于这样的位置，即无法反映房间中的任何人。然后我检查了天窗，却发现由于屋顶的陡峭倾斜，如果没有梯子的帮助，任何人都不可能从外面到达天窗。我进一步调查了这个光源，试图找到胶片上的反射来自下面城市中的一些街道，但是由于屋顶的范围，天窗看不到街道。

完全感到困惑，我再次下降到房间并打开电流。阴影立即出现在胶片上，这一次，由于房间现在很暗，我注意到它周围是磷光。这个数字肯定是一个人的身影，尽管他很微弱，但看了一段时间后，对我来说他很明显正在试图用手臂发信号。

我现在注意到，除了胶片上奇特的灯光外，整个表面似乎都在振动，而且发出频繁但几乎听不到的嗡嗡声。在关闭电流全部消失后，只有当我再次打开它时才重新出现。显然，这种现象仅是在仪器充满电后才引起的，因此没有像我起初所想的那样普通反射。

一切都指向它是某种外部机构的体现；我的设备接收到的电波并可能在一定程度上响应了电波，该电波是从何处通过开放的天窗发出的？当我困惑地注视着这种现象时，这个问题在我的脑海中再次浮现。我可能会对这样的假设感到满意，即如果我只有嗡嗡声可以应付，那么我会不知不觉地制造出一种能够从巴黎或附近的另一声相似的乐器接收无线电波的乐器。促使我进一步寻找原因。我向上看了一眼，急切地寻求一些解释。透过开放的天窗可以看到一颗星星-火星。明亮明亮的光线照在窗户框上的漆黑漆黑中。

当我的注意力突然转移到我下面的仪器上时，我又爬上了天窗，感觉到我必须朝那个方向寻求解释。光芒慢慢从胶片的一侧掠过。我急忙下楼检查了一下电池，以为我会在电流不足的情况下找到造成这种情况的原因，但显然一切都井井有条。光芒和阴影仍在稳步移开，每时每刻都在变得微弱，直到完全消失。

我突然产生了一种奇怪的，几乎是可怕的想法，一时冲动，我弯下腰，直到我的眼睛与这部电影保持一致，然后我抬头看了看。从仪器的位置看不到星星，它已经升到了窗框上方。立刻使我激动不已。我的仪器是否可能响应火星神秘投射的海浪？如果不是，为什么在火星消失在窗框上方的那一瞬间，电影中的辉光和阴影消失了？

希望对此做进一步的测试，我努力将设备移至可以再次看到火星的位置，但是，我发现它太重了。对于这种奇怪现象的突然终止，我感到非常失望，但经过反思，我意识到，只有火星的消失和胶片上的辉光才使我将波浪归因于那个遥远的源头。我对这个问题的思考越深，似乎就越不可能，但奇怪的是，我越确信我的理论是正确的。我认为，与通常使用的无线电波不同，光波只有在两个物体都在视线内时才能被接收。但是我意识到，如果它们是火星起源的，它们的放大倍数是惊人的，它是由一些未知而强大的代理人在太空中投射的，比我们在地球上所知的电力强大数千倍。电影中的影子是火星的影子，我不敢希望。尽管我的思想不断地转向这种疯狂的猜想，但我不耐烦地将其搁置一旁，因为一切似乎都不可能，迫使我自己。

那天晚上再也无能为力了，由于我整天都在为实验做准备，甚至没有停下来吃饭，所以我现在感到了兴奋的影响，并决定在凉爽的空气中散步，我如果我的光波理论被证明是正确的，我想思考，并在可能的情况下为明天计划一个行动方案，这将给我带来更好的结果。不用说，我决心停止以前的实验，并全力以赴，以确定我的设备是否实际上在响应火力十足的火星光波，如果事实证明如此，则将竭尽全力改善设备，希望获得其进口。我还决定至少在目前保持秘密。

第二章
火星人。

如果我的设备所响应的浪潮被证明是火星浪潮，我带着更加清晰的概念来应对我必须应对的条件。我已经下定决心要继续前进，就好像这是一个既定事实一样，为了尽我最大的努力来改进仪器，我觉得我必须消除一切怀疑。我清楚地意识到将仪器移到外面的优势，可以在更长的时间内看到火星，但是在进行这些改进时必须留在实验室，这使我无法立即进行任何更改。

因此，第二天早上我进行了我认为必要的更改，因为兴奋感被抑制而匆忙发烧。我现在以液膜形式使用的合成物已经液化，得出的结论是，在以前的条件下，尽管在我最初的实验中是必需的，但现在它只能抑制导线的振动。

毫无疑问，这种成分是必不可少的，因为正是它的元素对火星上投射出的波浪所起的作用做出了反应。因此，我将液膜物质液化，要小心不要改变其性质。然后，我购买了比以前使用的电线细得多的电线，并将其浸入液体中。在它们完全干燥之后，我将它们尽可能紧密地拉在框架上，而又不会彼此接触。由于根据所投射物体的光线或阴影同时接收数百种不同振动的光波，因此我得出结论，每条导线应具有单独的振动能力。该装置现在就像一块大蚊帐，除去了交叉金属丝，每根金属丝上的合成物涂层都非常薄，难以辨认。电池和线圈与以前一样连接，请格外小心，不要更改其布置。

我的准备工作现在已经完成，在我面前还摆着一台精巧，对波振动敏感的仪器。将框架的一侧抬高另一侧，以使电线的表面在扇形窗上方出现时正好面对恒星，我不耐烦地等待了这一刻，这应该证明我的猜测的真实性或虚假性。

一天结束了，剩下的时间我花在了我的劳动成果上。但是，即使我想像的最疯狂的飞行，也没有最小程度地描绘出我的新乐器将在电影中作为阴影出现的那美妙的转变。我几乎没有想到要在多大程度上向我透露未知数。

当我准备就绪时站在车架旁边时，出现了火星，但在从电线的高度上可以看见之前，它还有一点要爬的距离。但是，我打开了电池的电流。一切都是黑暗；在我看来，黑暗从未如此深刻，如此骇人听闻。分钟像几小时过去了，但那不祥的黑暗仍然统治着。我对失败感到非常失望；随着时间的流逝，我变得难以置信，发现自己承认并预言了这一切的荒谬性。我什至怪我自己很容易地偏离了我以前的实验，而现在看来只是个空想。

突然，我弯下腰，热切地注视着电线的表面，因为在那顶边缘上，出现了淡淡的磷光。我的心激动得发狂。我弯下腰，直到我的眼睛在电线的水平上，然后抬头朝窗户看，我只能看到火星的边缘出现在窗玻璃上方。看到它的时候，我的嘴里爆发出一阵喜悦,因为现在,毫无疑问,这种现象归因于火星。越来越亮的光变成了光,它覆盖了电线的表面,直到所有与磷光的相似都消失了,它闪闪发光,以至于我的眼睛已经习惯了黑暗的房间,在那之前昏昏沉沉。转过身以使我的眼睛逐渐适应眩光,我注意到,尽管电线表面有明亮的白光,但房间还是处于完美的黑暗中-光线没有照明能力!难以逾越的神秘感笼罩着火星雇用的与地球沟通的代理人!

镜框发出奇怪的嗡嗡声,比我前一天晚上注意到的声音大得多,这使我不由自主地转过身来。当我这样做时,我对奇妙的视线发出了惊叹。像日光一样明亮地摆在我面前的是一千幅超越我最高,最野心的希望的照片。另一个星球的伟大秘密被揭露了,我站着不动,看着千里之外一颗恒星的居民。

在数百年来渴望了解我们周围未知世界的众多人群中,我独自一人凝视着火星人的形象。这个想法使我震惊;我被狂暴的冲动所吸引,冲到大街上来并挤入人群,以便他们可以看看我们姊妹星球上这个奇妙生物的形态。但是有什么证据可以证明他们是如此呢?毫无疑问,我会被人嘲笑和指责。令我惊叹不已的事实-影像非凡的鲜艳度和清晰度,以及火星人本人的外表-都会使我可能会说的话蒙羞。就我个人而言,我有充分的证据证明该图像是火星人的图像,但是我能为那些开玩笑的人群提供什么即时证据?我本来希望在火星人中发现一种奇怪的怪诞表情,即使不是在脑海中也没想到。那么,当我看到一个在形式和特征上都与地球人民相似的人时,我就感到惊讶。

从我们尘世的时间标准来看，他似乎是一个大约四十岁的男人，拥有鲜明的特征和深色的肤色。他的脸上刮得很干净，非常英俊，他那双刺眼的黑眼睛，尽管它们增强了我在乐器上露面的笑容，但似乎打动了我的灵魂，使我陷入了无声的挑战。经过深思熟虑，我也不能记得曾经表现出回国的共同礼貌。

我的惊讶是如此之大，以至于每一个教员似乎都离开了我，我站在那里不安，凝视着火星人的形象，甚至没有思想的力量。逐渐恢复了我的感官，但是，我注意到了那个男人和他周围的环境。他站在一个与我的实验室差不多大小的房间里，那里似乎充满了明亮的日光，尽管我看不见房间三侧的任何窗户都可以吸收光，也看不到任何阴影来表明光已经来了从第四窗口。他手里拿着我不知道的乐器，似乎很自在，既没有惊讶也没有好奇。显然，这不是他第一次见到地球上的居民。他是如此冷漠，甚至显得很自然，即使在衣服的最小细节上，他也显得如此自然，以至于我很难相信我没有看到巴黎某个房间及其居住者的图像。他的紧身衣服似乎是深绿色的，在某种程度上类似于军官的制服。

弯腰握住他的乐器，他的嘴靠近它的顶部，我的设备的电线立刻发出了我以前注意到的嗡嗡声。我的脑海里闪过一个念头，火星人在这把乐器里握住了一种传达声音的手段。如果是这样，那两个字是什么-什么语言？我听到的是言语的可能性，使我筋疲力尽，几乎不听此类声音，但可惜没有成功。他们完全打算传达信息，我对此深信不疑，但我无法相信声音的混杂是火星语言。我认为，如果道者本人在某种程度上类似于地球上的居民，那么期待某种语言在某种程度上与我们的一种语言相对应，是天性。我的过错在于我的工具，我确信这一点，并且由于我对未能收到他的信息和当下的激动而感到非常失望，我发出了对绝望的感叹。立刻，一个微笑笼罩了火星的面容，令我惊讶的是，他放下了乐器，拍了拍手以表示赞同。

在我对火星熟悉地球习俗的新证据感到惊讶之前，光突然变得昏暗，几秒钟后就完全消失了，使乐器陷入了黑暗。火星升到了天窗的上方，我不再与光波接触。我专心地听着，认为如果声波具有我们在无线系统中使用的电波的性质，那么我仍然会与我的新朋友保持联系，但是我再也听不到该乐器的声音，因此证明这些浪潮也是由道者只知道的神秘特工投射的。

我刚刚目睹了太多的事情，关于如何完善乐器的想法涌入我的脑海，以至于它可以正确地响应声波，所以我没有感到失望在我们彼此短暂的接触中，曾经有过这种感觉。我很高兴有机会思考；如果我曾经希望获得火星及其居民的知识，那我的非凡发现已使我触手可及，那么我认为有必要先采取行动。我确定在明天，如果我在声音振动方面没有取得更好的结果，我会尝试用大胆的手势和尽可能多的语言与火星人交流。我会在工具面前揭露这一点，但是我对方案的成功寄予了希望，因为火星语言不可能与我们的任何语言都一样。

第三章
来自另一个世界的声音

这种通过写作与火星人交流的想法并没有阻止我竭尽全力来完善我的乐器，因此这可以通过口头方式完成，或者至少我可以听到在数百万英里之外的世界中所听到的声音和语言远。因此，我对声波的问题给予了我最好的思考，第二天早上，我明确制定了工作的原则。通过这些，我希望能成为一种与火星对话的工具。

我得出的结论是，声音的混乱是由于接收到来自火星的每一个不同的波之后，导线的长时间振动所致，因为钢琴的导线在被触摸后会振动很长时间。对于光波，根据所投射物体的光线或阴影，必须使组合物的表面高度敏感，能够对许多不同的振动做出反应。这就是我在采用涂层电线时获得的成功的原因，因此我得出结论，它们是必不可少的。但是我现在看到，尽管在光波中很成功，但是在合成物中仍然存在电线，这对声波是有害的，而且很明显，需要更坚固但高度敏感的表面。该膜在声波或光波方面均未取得良好的结果，但是要记住，有电线穿过该膜以使其具有刚性，尽管在我最初的实验中是必需的，但在连接时必须避免伴有声音振动。显然，我的新电影一定不能死板。我随即制作了一层尽可能薄的合成膜，并将其拉伸到仪器的框架上，作为金属丝后面的振动膜，希望声波会在金属丝之间通过并振动该振动膜。毫无疑问，它是由合成物制成的，但不会比这部电影做得更多。我得出结论，由于电线的光彩，这不会干扰电线上的图像。

我现在对成功充满了希望，并焦急地等待一天的结束。到中午一切都准备就绪，在火星进入波涛接触之前，我至少要等八个小时。但现在却出现了一个我无法估量的对手。起初乌云开始聚集，稀疏而蓬松，但是随着下午的过去，云变得越来越重，直到晚上，天空完全被遮盖。这种情况可能会持续几天，而恐惧使我感到绝望。我怎么能等不及的日子不见火星上的朋友，甚至没有听到我的朋友的消息？

现在，我想到了我在火星调查中变得多么专心。通常是一个善于交际的人，在过去的一周里，我成了一个隐居的人。自从我回到巴黎以来，我几乎每天都见过大学朋友，现在我完全被忽视，甚至回避，以免他们在与火星发生波涛接触的某个晚上打电话到我的房间。在我看来，就像我对他们的友谊和必要性正在下降一样，同样的比例正在增加对另一个世界的居民的依恋。当我看到他的影像在我的乐器上刻画时，我似乎感觉到了这个火星人的一种奇特的血缘关系。这种感觉不是普通的友谊之一。我感到自己被某种神秘的力量吸引了他，这种力量使他在我的感情中占据了兄弟的位置。这种力量似乎使我们团结在一起，现在使我们怀着极大的共同兴趣和令人信服的兴趣。然而，当我拍到他那张英俊，几乎漂亮的脸时，我仍然看到了另一张脸，但是在哪里？火星曾经是一个人，但是我意识到那张美丽的脸，这似乎是我努力追求的目标。失败后，我付出了更多的努力；我渴望看到的面孔，却奇怪地害怕看到。

对我来说，试图理解这些想法是没有用的，而将它们从我的脑海中驱逐出去是不可能的。我克服了孤独感。看着我的手表，我发现已经过去了一个小时，在晴朗的夜晚，透过窗户可以看到火星，但是，可惜的是，天空没有晴朗的迹象。尽管我的乐器已经准备好了，但没用。

但是，出于某种不可抗拒的冲动，我决定打开电流，站在仪器旁，以防万一出现云层开口，甚至一会儿。因此，我打开了控制电流的开关，令我惊讶的是，电线的表面变得像前一天晚上在晴朗的天空下一样明亮。转过片刻，让我的眼睛习惯了鲜艳的色彩，我注意到天空仍然被大雨云遮盖。我对发现火星喷发剂没有被水汽阻止的发现感到高兴，因为这意味着我可以在整个星球从地球上看到的期间每晚与火星进行波接触。

我接近仪器的目的是立即测试隔膜，但令我惊讶的是，我的火星朋友没有在那里向我打招呼。但是，房间及其家具的布置与以前一样清晰，我现在有机会注意到墙上的乐器，大量的书籍以及天堂的地图。一切都指向这是一个设备齐全的火星天文台，尽管这些仪器对我来说完全陌生。当沉重的门廊分开时，我更仔细地检查了后者，而我的火星朋友走进了房间。我非常急切地向他打招呼，而不是像我以前那样半盯着他凝视着他，以至于我暂时忘记了我第一次尝试测试隔膜的决心，并向他打招呼。他只是微笑着鞠躬。

我平静的举止持续了片刻，同时，在他向我的问候鞠躬回应的同时，发出了清晰的声音，带有完美的口音："笨拙的家伙，先生！"

我开始回去，因为好像房间里有人在说话，但是后来我注意到火星人握着我前一天晚上看到的乐器。难道这就是他的声音，从几百万英里远的地方讲法语，就像他在房间里一样？事情太不可思议了！火星人怎么知道地球上进化出的一种语言？那整个事情是不是对过度劳累的头脑的幻想？我惊讶地看着那台乐器。

火星人现在通过我的举动看到自己的声音已被听到，举起了乐器并再次打招呼。声音像以前一样清晰。毫无疑问；通过这个奇妙的乐器，火星人的声音几乎瞬间被投射到了地球上-几秒钟之内。与电报相比，电报对舞台教练的作用与之相比，使火星人能够投射出波浪的神秘力量。当我的头脑慢慢领悟到那声音几乎瞬间经过的巨大距离时，我惊讶地站着吗？

过了一会儿，我惊讶地使我对这种非凡的称呼做出了回应，然后-我的思想仍然太困惑了，无法掌握情况-我用英语低语了一下，我听到来自遥远世界的地球语言而感到惊讶。

我的声音似乎使火星人有些意外，但立刻他的声音又从乐器中以清晰的音调发出了。

他用完美的英语说："我以我的母语向您打招呼。""虽然现在我们这里只有一种复合语言，但是在一千多年前，我们用多种语言说，就像您所在星球上的人们现在所说的那样。

他继续说："六百多年来，我们已经能够通过一种投射和接收光波的仪器观察到您星球的进展，并且发现它与我们近十五年的光波相同一百年前，通过您城镇街道上的标语牌，我们发现您也说多种语言，尽管进步一定很慢，但通过这种方式，我们的天文学家能够学习地球的主要语言。

"我们焦急地看着并等待着发现一种能够响应我们投射的光波并向您揭示邻近星球的居民的仪器。最后这个重要时刻到了。我祝贺您将它带来。"

当他说话时，他的声音从我的乐器的膜片传来，听起来好像他在房间里一样清晰，他的图像描绘出了与人一样大的尺寸，这使他很难相信他离房间只有几英尺远。我的线人实际上在数百万英里之外，我的头脑绝对拒绝掌握。

一千个与我的火星相识的问题立刻浮现在我的脑海，但是可惜，由于云的遮蔽，我无法与火星接触，我失去了很多宝贵的时间，现在我的光芒渐渐消失了仪器警告我，这颗行星将在几分钟后超出范围。因此，我们匆匆告别对方，承诺明天继续对话，就好像我们在街角分手了一样。现在的光线完全消失了，以前充满生命和神秘气息的那一瞬间变成了乐器，现在站在我面前，那是深深的黑暗和寂静。

看起来多么不可能，多么难以想象！如果我试图解释或发表我的发现，外界将如何嘲笑！我觉得还没有时间让任何人相信我，所以我仍然决定保密。但是，那时我不知道，我对火星及其人员了解得越多，我就越会保护自己的知识。

我兴奋地在实验室里来回走动，整个晚上都花了很多时间来回顾自己所听到的内容，并推测明天会带来的罕见知识。另一个世界的秘密将向我展现，而一个民族比我们领先一千多年的科学成就将是我的。这揭示了什么光荣的可能性！作为一名科学家，这种知识的灿烂前途将向我保证！在我精神振奋的时候，我几乎没有想到拥有这种知识对我来说毫无意义。因为我还没有学会，如果不成为人类的悲伤和激情的伙伴，人类就无法分享另一个世界的财富。

第四章
火星人生活的故事。

为了找到一个可以让我看得更远的火星景象的房间，第二天我拜访了几间出租的摄影棚，最后成功地找到了一个以前由摄影师占据的摄影棚，该摄影棚位于的顶层。我的旧房间附近的一所房子。

房间很大，实际上占据了整个建筑的顶层，这一功能令我非常满意。与房屋的唯一通讯是通过一扇门，它看起来像是一扇外门，铰链和锁如此沉重。房东在引起我的注意时笑了笑，并说住在城市另一部分的前房客总是非常小心，总是将工作室牢牢地锁上。房间一半的天花板完全是玻璃的，以屋顶的角度向下倾斜到地板，这是获取空气和光线的唯一方法。它分为两部分，可以前后滑动，以达到通风的目的。我发现这种安排会使我每晚在几个小时内都看不到火星。没有什么能比我的要求更好地适应了；我无法被外面的任何人观察到，我不必担心在与我的火星朋友交谈时被窃听。

因此，我决定立即移动仪器，以便于当晚在我的新宿舍安装。

接下来，我买了一个板条箱，用于做大型油画，当它运到我的旧房间时，我立即开始将乐器包装在其中。由于它的重量很大，所以这并不是一件容易的事，如果我说我将箱子放在仪器周围，它将更好地表达手术过程。确保将所有物品都小心地盖好后，我将其搬到新的地方并固定就位，承运人的印象是那是一幅画，我很着急直到完成后才有人看。

因为现在距离火星预计出现的时间不到一个小时，所以我决定将书本和其他物品留在以前的房间里，直到第二天。我发现了仪器，准备就绪，小心地看到所有电池都装好了，这样就不会有任何事情打断我与火星人的漫长谈话。

打开电流，打开玻璃屋顶的滑动部分后，我现在等待火星的出现。我想到了一个问题，这个问题似乎对促使立即进行调查非常重要，但在其他人进入我的脑海时被忘记了；直到仪器上越来越微弱的辉光的出现使我对任何真正重要的问题都毫无准备。因此，我决定允许我的遥远的线人继续讲述火星对地球的观测，因为这是提出重要问题的最有启发性和最可靠的方式。

当我的眼睛习惯了光彩夺目时，我看到火星人在等我，他的乐器已经准备就绪。我们用我们俩真诚的感情互相问候，尽管我不能握住他的手，但我还是尽一切努力向他展示我为他带来的兄弟般的温暖。

现在我想到，在我们彼此之间的第一次交流中很兴奋，我们完全忽略了一个重要的惯例。因此，我宣布我在地球上被称为 。

"我的名字叫，"他回答道，他的黑眼睛闪闪发光，因为他迅速融入了这种场合。"虽然习惯上有两个或三个名字曾经是我们的习惯，但我们发现它与当今改变的条件更好地融为一体，只有一个。当您对这个星球变得更加熟悉时，您会更容易理解。它的人。"

我急切地补充说："而且我很想了解您的生活状况，因此我急切地希望继续研究火星对地球的观测，这是在昨晚海浪接触停止后才刚刚开始的但是，首先让我问一下您的下落，今天早晨我搬到了城市的另一部分。"

"啊！"他笑着回答："我不知道您已经搬家了。经验告诉我如何在现在暴露给我们的地球那边寻找您称为巴黎的大城市，然后通过系统的搜寻我很快找到了仪器的响应。

"由于我们用投射的光线对地球的观测已经进行了700年，因此有必要概述一下我们的历史和当时的科学进展。这不仅会引起人们的兴趣，预测您自己世界的未来，但如果您决定访问这个星球，也将为您带来最大的价值，我坚信，这项工作属于您的能力。"

他的话从我的口中惊叹不已，但似乎不希望被打断，他继续说道：

"七百年前，在火星上发现了一种从地球上称为镭的物质衍生的能量。该能量能够在几乎不可思议的距离内几乎瞬间将光线投射到太空，同时又保持了其完整性。如此显着的程度使得它们可以到达最远的行星而不会扩散或缩小，因此，我的图像被抛在我之前的仪器上，通过这种超半径的流以巨大的速度以光波的形式传输到了地球上。瞬时；它们在您的仪器中接收到，该仪器对超半径的流动有响应，处于与它们离开火星时相同的条件，因此描绘出图像的真实大小。

"与天上的另一个物体接触后，超辐射的这种向外流动的电流变成了向内流动的电流。在进行这种改变时，它释放了从火星传送来的光波，并保留了这些物体的光波只是在离开火星后重复其性能，这些物体的光波现在在其返回火星的过程中传递，进入接收仪器并描绘出与实物大小相同的物体。

"拥有人眼看不见的射线，除非受到其自身性质的物质的搅动，否则行星上的日光就成为超半径观测的完全不必要的辅助手段，我们能够探索行星和其他行星的阴暗面天体，就像在阳光下一样有效。

"因此，我们有700年的历史了，能够研究这个国家，城市，街道和地球上的人们。我们不仅注意到在人类，建筑物和科学上与火星早期有着显着的相似性，而且通过广告，标语牌和其他路牌，我们能够学习您星球上使用的主要语言，并且在我们星球上的环境被采用之前，发现这些语言在很大程度上与火星上使用的语言相对应。一种复合语言是绝对必要的。毫无疑问，这些相同的条件将在适当的时候面向地球人民。"

我对这一预测并没有感到惊讶，但阿尔莫斯立刻向我保证，说时间到了，那将是世界上普遍和平与幸福的开始。

我说："那么，我就明白了，在火星上存在一种完美幸福的条件吗？"

"不幸被认为是我们的疾病，"阿尔莫斯再次加入。"听说过，但很少见，被认为是严重的疾病。但是，随着您逐渐熟悉这里的条件，您会更好地理解这些事情。您必须记住，您在一个超过一千五百人的位置上比他的日子早几年。

"通过仔细观察，我们已经确信地球的进步与火星的进步是一致的，因此，作为更年轻的星球，地球正在追随我们的领导，我们焦急地看着在地球上发现了具有当您发现镭时，我们意识到这最终会导致更高功率的发现，但我们担心这可能不会持续数百年。

"可以通过镭和电进行通讯，我们完全不知道。这是镭在仪器中的响应特性，但是，这首先引起了我的注意，当时在巴黎寻找我之前一直观察到的物体。此后，我对您的进步的兴趣与您自己的兴趣一样大，每隔二十四小时，当地球的东半球转向火星时，我用射线镜进行搜索，直到得到您仪器的响应。

"我将与地球交流的成功秘诀保密，因为它涉及我尚未公开的我的发明，现在我将告诉您。我的发明是无线电，我们现在通过它进行交谈，我的一生都致力于发展火星与地球之间的交流，这是我从小就一直努力达到的目标，它与地球交流的成功令我感到惊讶。"

我很习惯于听到火星人以普通的谈话方式谈论最神奇的事情，以至于火星上仍然有东西待发现的想法似乎是一个更大的奇迹。

"我们取得了最重要的发现，" 追问。"我说'我们'，就像没有仪器的响应一样，也不会发现超半径电流对声波的作用。"

我谦虚地抗议说："我觉得我几乎无法分享这些荣誉。" "如果没有来自火星的超半径电流，我仍然会尝试寻找玻璃的替代品。"

现在，我全面介绍了我进行的实验，描述了我是如何偶然地制作了一种物质，以响应火星的海浪。当听到我惊讶地发现教士像地球上的人时，他感到非常高兴。当我为他画出火星居民本应是凶猛生物的口头照片时，他大声笑了。

他说："我们从不怀疑地球上的人对我们造成了如此巨大的不公正"，他的整个容颜洋溢着幽默感。"我在这里有几本书介绍了地球的观测情况，其中一些是八百年前写的。也许您会感兴趣的是听到当时地球居民的火星概念。"

"确实如此，" 我越来越好奇。

"好吧，" 重新回到阿尔莫斯手中，拿出其中一本书，翻过树叶，而他的嘴仍旧充满好奇的笑容，"你必须明白这是在发现超半径一百多年之后写的，那时我们除了通过望远镜向我们展示山、海和大陆以外，没有其他方法可以观察地球，这与您的望远镜必须揭示火星的物理特征非常相似。：

"'这个星球上有人居住，我们没有理由怀疑，因为它被笼罩在大气中，现在已经被普遍接受的理论认为，一年四季其颜色变化是对植物物质的季节性影响然而，我们只能推测，但是我们对他们的生活条件的研究将有助于我们描绘出它们必须是野生的两栖生物。被水覆盖着，比我们更接近太阳几百万英里，几乎被不断的蒸气笼罩着，除非它们是半条鱼，否则它们一定会窒息而死。出现了浓厚的蒸气云，但是，一旦出现，它们就必须面对如此强烈的热量，以至于我们一个人都无法忍受一分钟而无法生存……。毫无疑问，它们配备有像钢一样的皮肤以抵抗这种温度。他们脾气暴躁 毋庸置疑，由于热量和蒸气云，它们的空气（是我们重量的两倍）充满了电，以至于狂暴的风暴不断袭击它们，毫无疑问地一次杀死了数千人。时间并倾向于使幸存者的天性与周围的人一样凶猛……他们的生存时间只有我们的一年的一半，这（阻碍了传播定律，从而使人类无法成为更高阶的人）会自然而然地使他们的生活短暂，鲁和凶猛，充满无拘无束的残酷和激情……。"

"现在，"阿尔莫斯继续说道，笑着说，"关闭后，您再也没有机会道歉了。"

"不，"我有点干涩地回答。

"事实是，我亲爱的同伴，"阿尔莫斯笑着，似乎很享受这种情况，"整个太阳系都在走同样的路；对的看法，已经对的看法。"

此时我仪器上的故障灯发出警告，表明火星因波浪接触而消失，我们不得不彼此告别，承诺在明天会有所启示。

当我站在被黑暗包裹着的乐器前一会儿时，我意识到一种奇怪的感觉，在与 竞标时，我也与另一个火星居民分开了。尽管很清楚我只看过并与之交谈，但是我的思想仍然再现了一个年轻而美丽的女孩的肖像。我第一次与交谈后就立即经历了这种心理印象。当时，我只是想把它当作是神经紧张导致的妄想而已。但是我发现，每次接受采访之后，我的脑海中的图像变得更加清晰，而且更加确定。直到现在，我一直坚信这种美丽的存在于火星上的存在，尽管如此，但值得注意的是，我无法否认自己的成长对她的好感。我没有向提及过这种心理形象，因为我坚信他对此一无所知，因此将无法以任何方式帮助我。而且，我的训练教会我寻找一种可能引起迷信的怪异和怪诞事物的科学原因。因此，我不愿与谈论它，直到我毫无疑问地证明这不是幻觉。

在我花了很多时间徒劳地寻找这种神秘心理形象的可能原因之后，我意识到我只是我们姊妹星球取得的成就中最真诚的婴儿，最终决定让我决定离开这些问题的明智之举，直到我知道更好地了解火星的发明和科学进步。因此，我期待着怀着最大的期待去参观这个奇妙的世界，尽管我完全不知道应该如何完成这一惊人而看似不可能的壮举，但我对的高级科学知识的信念是，我没有，因为一会儿，怀疑这种事情的可能性。我几乎没有意识到旅程的可怕本质-旅程的成功完全基于理论-否则我会因这样的尝试而感到恐惧。

第五章
危险的事业。

第二天的大部分时间都花在了将我的剩余物品搬到新宿舍并安顿下来。确实，我忙于这项任务，以至于黑暗的临近使我对与火星的波浪接触完全没有做好准备。我不得不将仪器拆开，以便将较大的家具带进房间，这又需要将近两个小时才能将它们重新组装在一起。

终于一切就绪，我打开了电流，我发现我的火星朋友在等我。

我们互相打招呼后，他说："这是我的叙述的最后。"

"什么！" 我惊讶地射精。

"您知道的，亲爱的同伴，" 阿尔莫斯继续说道，"您有必要逐渐熟悉火星上的高级条件，正确理解它们，我也据此尽力教育您的思想。但是，这很重要，让您看到这些东西，充分欣赏近二十个世纪的进步，只有这样，我的最高抱负才能实现。"

"这怎么可能？"

"当我告诉你火星上的生活与地球上的生活有几种重要方式时，你会更容易理解。

"我曾说过，火星上的不快乐几乎是未知的。只有不健康的存在才会导致不快乐。如果身体能够保持绝对健康，那么我的意思是远远超出了被认为是完美的范围地球上的健康，那么就不可能有不幸，因为它的原因，悲伤，嫉妒，嫉妒，仇恨和不满都被消除了，并且存在一种正常的状况，可以完全免受错误和不幸的影响。

"地球上已经发现犯罪是大脑疾病的结果，并且随着我们的发现，及时发现了错误的事实，即使在很小的阶段，也是身体不适的结果。这样，一个社区的身体健康就可以达到完美的状态，并且不会有做错事和随之而来的不幸。

"获得这种身体健康的方法是在火星上以六百年前的不可见光线形式发现的，其发现导致了社会状况的完全转变，在整个地球上建立了完美的安宁与幸福。

"当种族区分被忘记时，分开的政府变得无法容忍，被抛弃了，火星人民变成了一个家庭，只讲一种舌头。与邻居的友谊变成了对兄弟的爱。对个人利益的追求被欲望所取代。为了所有人的利益而工作，现在敏锐的个人权利和义务感动了全体人民，在所有事情上都是至高无上的，履行职责除了履行出色工作所带来的补偿外，没有其他补偿。

"很快发现，这些射线的显着再生特性使生命和青春永存。它们不仅可以预防任何类型的疾病，而且可以在磨损后尽快重建身体组织，从而使身体衰老。因此，一个孩子成长到完全成年或成年状态，并保持身体最高的状态。当孩子正在发育光线时，会刺激他的进步；任何超出这一范围的光线都会腐烂，这是光线无法阻止的状况。"

尽管我习惯了在不中断的情况下进行最精彩的叙述，但我却无法抑制道者享受永生的消息而感到惊讶。

对我习惯于在这种场合观察到的安静的微笑感到惊讶，并且，为了进一步说明这一点，他说：

"虽然实际年龄变得非常重要，但当它延伸到数百年而不是限制在六十或七十岁时，我可以很容易地确定我的年龄，因为我当时的年龄是二十岁那时，我已经生活了大约六百年的地球年，或三百年的火星年。"

"六百年！" 当我看着他那张英俊的脸的反射时，我大叫；他的眼睛闪烁着，脸颊红润健康，充满活力，充满了男子气概。

"当然，我们不知道再生射线的作用将使生命得以维持多久，"阿尔莫斯继续说道，"但从理论上讲，通过日常使用，似乎可以确保完美的健康，生命本身将继续无限期地。"

"死亡在火星上变得未知！"我热情地补充说。

"不是很陌生，"阿尔莫斯再次加入。"因为生命有时会因事故而丧生。即时死亡无视我们的全部科学知识，也不会被征服。但是在事故中，无论多么严重，生命的火花仍然存在，我们可以防止这种情况逃逸，直到身体陷入死亡。照顾它的条件。

"这是通过一种称为振动器的装置来实现的，该装置虽然结构简单，但却是当今时代最伟大的奇迹。它由一个圆顶组成，该圆顶的外观类似于玻璃，但与众不同，这个圆顶绝对是无原子的，它可以放在病人躺的手术台上，里面有足够的空间容纳两个人，并且保持在人体的温度下。相同的材料，直径为几英寸，通过颈部或大约一英寸宽的通道与下面的大腔室相连，患者被放置在体内，然后进行手术，如果生命离开了身体，则在手术期间或之后，灵魂会通过狭窄的通道上升到上方的小球体中，并保留在那里，因为它不能穿过构成该房间壁的材料，然后使身体不断沐浴在再生射线中，不仅可以像保存生命一样保护它，而且实际上可以进行恢复。这种情况一直持续到身体再次恢复到完全健康的状态，并且能够保持生命。

"现在发生了最奇妙的事情。当一切都准备好让灵魂再次进入人体时,强大的超半径流从所连接的仪器通过顶部地球仪发送。穿过小腔室并向下穿过狭窄的通道到达了人体,并立即变为回流,这种电流只是短暂的;看到病人在移动,并且生命火花再次使人体加快了速度。将病人的精神从上方的小腔室中取出,并在返回时将其释放到体内,其方式与光波或声波完全相同。"

"奇妙!" 我喘不过气来,尽管我的心思只能慢慢领会这个几乎奇迹般的成就。拥有如此庞大的科学资源,对于道者来说似乎没有什么不可能。

阿尔莫斯突然停了下来。改变了他。他的脸色苍白,嘴唇凝结,坚定而坚定。瞬间,我感到自己的每一个教员都竭尽全力,以响应这个非凡存在的新特性。

他缓慢而故意地说话,他敏锐的目光注视着我,被那似乎在他们体内燃起的奇怪火迷住了,他说:

"再说几句话,我们已经到达了死亡的地步,等待地球居民走得更远。死亡是没有科学知识可以避免的。我已经尽力了你的思想,直到你可能完全理解绝望的事业的性质,从来没有任何人尝试过,如果您想尝试,就必须独自冒险。

"出于我现在无法解释的动机的驱使,我通过理论的桥梁跨越了我们之间千百万英里的宇宙,如果这些理论证明了现实,它们将使您能够看到并生活在另一个世界中。然而,这是站不住脚的,地球上的任何力量或火星都无法拯救您;在五个小时内一切都将过去。您必须考虑可能的后果,以为为时已晚。"

"决不!" 我哭了。"我亲爱的阿尔莫斯,我太感兴趣了;我现在已经走得太远了,对实现这一目标的任何步骤都犹豫不决。向我解释你的理论,即使火伤了我的生命,我也会对其进行检验,因为对我来说,这比地球上的生命更宝贵。"

"好吧,我勇敢的家伙," 阿尔莫斯语气柔和地说,"我必须告诉我,你必须紧跟我,记住我说的每句话,因为明天我对你没有帮助。独自一人,你必须进行旅程。"

我很高兴阿尔莫斯没有问我现在所说的话是不是很重要,因为我现在不由自主地感觉到我不公正地不相信他,这与我的心理形象有关。我完全相信存在于火星上的美丽少女的画像,我可以肯定,她的命运与我的关系密不可分。我现在决定在第一个机会这样做。

"我已经向您解释了灵魂离开身体后如何将其保留在振动器的上腔室中," 追问,"由于我们将使用这种装置,因此我不得不描述我拥有的附加装置满足我们的要求以及与之相关的我的理论。

"我已经将射线镜的接收设备连接到振动器的下腔室或圆顶上,首先要去除图像表面。可以很容易地断开它的连接,然后替换投影设备,我也已从其中去除了图像表面。因此,我们可能有一个超放射线的自由电流从辐射镜流向地球并返回到振动器,并且通过替换投影设备,我们有一个电流从振动器流向地球并返回到接收设备。

"除了这些例外情况,这正是普通使用的振动器中存在的条件:使超-流流入或流出底部腔室以及顶部腔室;电流不是局部的,而是局部的它位于地球与火星之间,因此功率更大,顶部和底部腔室的电流均由我为此目的而设计的发条装置控制,我用振动器代替了手术台中的手术台。

"现在我要你召集你所有的勇气,因为在这项工作中,只有钢铁般的紧张才能使你安全地度过。"

我回答:"我将忠实地执行您的指示,。"我试图表现得非常镇定,尽管我比火星时代落后一千五百年了,但现在看来从来没有什么障碍。

"那么,跟着我,一个字一个字地。"阿尔莫斯继续说道。"理解我所说的一切,因为在一秒钟的错误中,一个词的误解,片刻的犹豫,有死亡!

"明天，当出现巴黎所在的地球表面的那一部分时，我将把放射镜的接收装置连接到振动器的下腔室，以便从地球返回的电流流入其中。然后设置发条在半小时内打开超级半径的电流。在那段时间内，我的身体必须处于可以接受你精神的状态。"

听到此消息我无法抑制住颤抖，但我认为最好不要打断。

"将所需量的氯仿装满锥形杯，我将进入振动器，斜倚在沙发上，将锥形杯放在我的嘴和鼻子上。几分钟后，我的精神就会进入上腔。

"通过实验，我发现超半径包含再生射线。实际上，我的理论是超射线的再生射线和不可见射线是同义的。由发条装置打开后，它会流到大地，然后返回，进入振动器，使我的身体恢复正常状态，使其摆脱氯仿的烟雾，使其能够恢复新生命。

"您的仪器发出的光会响应超半径的电流，警告您已经发生了这种情况，因此您必须为离开做好准备。由于我已经取下了仪器的透镜，您将看不到任何图像。射线镜，但您的仪器会响应电流而发光。

"准备好一锥氯仿后，必须将沙发直接移到仪器前面，这样，躺下时身体会遮挡住其中的射线。因此，您将知道自己正处在超辐射电流的路径中；这是最重要的，否则，您的精神无疑会在离开身体时逃脱并永远失去。

"在采取一切可能的预防措施以防止身体任何运动之后，将锥体牢固地放在您的嘴和鼻子上。在短时间内，您的精神将离开身体，并立即被其上的超半径电流所束缚。回流到火星，进入接收设备，然后进入振动器，该流将与我的身体直接接触，并向其中排出你的精神。"

阿尔莫斯突然停下脚步，惊地写在他的脸上。片刻之后，我意识到了原因-两颗行星脱离了波的接触。在如此关键的时刻，没有什么比这更不幸的了，当阿尔莫斯大喊："没关系！-我要离开-"时，我正匆忙地建议推迟。

波浪接触在他有时间完成句子之前就停止了，我以一种无法解决的状态站在乐器前。

我怎么会完全没有准备好迎接条件到达火星？在我恢复意识后，这些人可能会以最紧急的方式出现，要求立即关注并全面了解火星科学。实际上，的生活可能仅取决于这种情况。

我对第二天应该走的路没有定论，我的脑海里充满着如此奇异的事业的最强大的幻想，我终于寻求安息，希望随着明天的到来会更加清晰。

第六章

"就像其他人看到我们一样。"

第二天早上，我决心不惜一切代价去火星之旅。阿尔莫斯原本打算说他会留下进一步的指示，我毫不怀疑。该说明可能会被写成，并放在恢复意识后我立即看到的地方。无论如何，我认为，如果在火星接触的通常时间，我的仪器应响应超半径而发光，则履行我的协议部分显然是我的职责，因为该发光将证明已经实现了他的精神，并且他的精神已经传递到了振动器的上腔室中。

我购买了我非凡旅程所需的物品，并采取了预防措施，在门外系上通知，以防我晚上出门在外。我对这则公告中不可思议的文字真相的想法感到冷酷的微笑。

做完这些事情后，我开始猜测如果我确实到达了那个星球，我在火星上的经历将会是什么。在最初的几个小时里，尽我所能检查一下，有时人们对这种疯狂的灵魂冒险的结果存有疑问。但是，尽管看起来我很奇怪，尽管我完全意识到参加这样一项事业的危险，而这项事业的成功完全基于理论，但它丝毫没有起到威慑作用。要获得的奖金是如此之大，以致生命危险似乎并不重要。确实，火星之旅的第一步是夺走我的生命，因为我们了解地球上的术语，并且与之融洽相处后，我对任何其他危险都一无所知。这些想法让我如此着迷，以至于时间流逝，而我却没有意识到，只有逐渐褪色的日光才警告我，火星接触时刻已临近。

我现在对我的仪器的所有电池和线圈进行了全面检查，因为其中任何一个的故障都可能导致最严重的后果。发现所有东西都处于完美的工作状态后，我接下来着手安排我的沙发，以便将其直接放在乐器和窗户之间。这样就完成了我的准备工作，充满了矛盾的情绪，现在我等待火星的出现。

一大早，我整理好了我的信件和私人文件，以便在发生最坏的情况时，可以很容易地打包好它们，而现在我想到，只需要在上面加上一些解释即可。因此，我匆匆写信给住在英国的堂兄-我的亲戚-简短地解释了我对火星超半径流的发现，以及我即将参加的冒险活动的特点。我把这张笔记和论文放在一起。

回到仪器上，我发现火星已经可见。我很快就接通了电流，却找不到响应的光芒，我知道已经在做他向我描述的准备工作。他曾说过，半小时之内，发条将接通电流，而我的乐器的光辉将是我离开的信号。

没有时间可以浪费。为了牢牢固定我房间的门，我准备了三氯甲烷的锥形瓶并熄灭了灯，以免引起晚上有人打来电话的嫌疑。

我现在坐在沙发上，焦急地等待着能将我带入我梦以求的世界的超半径流。当我坐在黑暗中时，几分钟似乎就像数小时，所有的神经都被拉到尽头，等待死亡。如果死亡不应该释放我怎么办！数以百万计的人被包裹在死亡的冰冷的武器中，但没有任何凡人归还。

那是什么！—令人眼花乱的闪光使我立即遮住了眼睛。啊！终于发光了！但是如此耀眼的光彩使我无法忍受眩光。我已经习惯了看到辉光逐渐爬升到仪器表面，随着恒星的边缘出现在窗玻璃上方而逐渐变亮，但是这次火星升到了全视野，直到钟表机构打开电流为止。这是充分的证据，证明一切都按的计划进行了。现在该轮到我采取行动了，我不要犹豫。我在沙发上伸展自己，使我充分接触到超辐射流，抓住了充满氯仿的锥形杯，并将其牢固地固定在我的嘴和鼻子上。

稍稍令人窒息的感觉，然后是很长很长的秋天，首先是逐渐的，然后更快，更快—

像我以前从未经历过的那种令人振奋的感觉，我睁开眼睛，跳到脚上。我的大脑非常清晰，而且如此活跃，以至于我的思想完全无法跟上拥挤的众多思想的步伐。这些思想对我的思想很奇怪，但如果这种矛盾的说法可以接受，那对我的大脑是完全熟悉的。我的大脑似乎停滞不前，惊叹于大脑拥有的非凡的活动和知识，而这些知识和知识我的大脑完全是无知的。

我在另一个世界，离地球几百万英里。我的脑子里意识到发生了一点点奇迹，但是我对与我有关的所有事物感到绝对熟悉。环绕着我的玻璃墙，直达我头顶几英尺的圆顶。圆顶中心的狭窄通道（就像从内部看时瓶子的脖子一样），通过它，的精神传递到上方的房间；所有这些我都非常熟悉。

我在振动器中，但由于空气闷热难受，所以呆在里面感到不舒服。而且，指示我的大脑，我必须准备振动器以在五个小时内返回，并且我的手本能地抓住设备壁上的杠杆。一扇门打开了，我走了出来，小心翼翼地把门关在我身后。我再次对所有事物都非常熟悉而感到惊讶。如果我一生都在火星上生活，那么我对周围的环境将不会有更深入的了解。我似乎确切地知道如何进行操作，并且在注意了几个重要的细节之后，并仔细地注意到了为此目的而放置的温度计上的振动器的温度，我咨询了天文钟表，以确定对我来说保持多长时间安全火星。我发现，在到达过程中花了半个小时，在离开过程中花了半个小时，所以我只有五个小时。

起初，我的脑子被它所经受的新奇和奇怪的条件所震惊，现在逐渐开始意识到它在大脑中的重要地位。

心与灵是一个不可或缺的，不可分割的密切联系，现在已经毋庸置疑，因为我敏锐地意识到我发生在地球上的一切，这表明我的心不仅存在，而且存在阿尔莫斯的身体拥有与我在地球上一样的思想能力。这是一些科学家提出的理论的积极证据，实际上是论证，它证明大脑与大脑是分开的和不同的。

但是存在于生与死之间的鸿沟仍然像以往一样广泛。死亡仍然笼罩在谜团中，因为从它离开人间的那一刻起，直到它在火星中被人唤醒，我的头脑一无所知。因此，血肉对心灵的存在至关重要。思想或精神必须通过某种形式表达。尽管人可以通过科学的进步取得很大成就，但他所取得的成就却只是沙漠中的一粒沙，成为围绕他的奇观。科学永远不会渗透到他身上所隐瞒的那些事物的奥秘。

我的大脑现在已经控制了它的大脑，它只是充当操作人体机械的物质手柄，从而将思想转化为行动。但是，尽管我的思想到现在已经完全熟悉了这种奇怪的情况，能够在大脑上记录新的印象，但是仍然存在着思想的印象。它就像一本书，我的大脑可以立即参考并受到其指导，因此，我对火星，火星人和它的语言拥有完备的知识。

我现在意识到，我的第一个动作一经意识到，就一直在执行给我的指示。在刚开始的那几分钟里，情况有些奇怪，我本能地完成了大脑指示的事情。阿尔莫斯以这种非凡的方式完成了当他因停止接触波而中断时要给我的指示。

因此，我到达了我认为与阿尔莫斯的身体之间真正的关系的感觉，现在我将注意力转向周围的物体。

我站在一个与我的地球实验室差不多大小的房间里。没有窗户允许光线进入，但是天花板高20英尺，天花板发出散发精美的白光，充满了房间的每个角落，完全没有阴影。它的作用是日光，它与天空是如此接近，以至于如果我不知道对火星科学的了解，我自然会以为房间没有天花板。但是，当我想到这个问题时，我立即意识到，天花板上覆盖着一种成分，其中的组成部分之一是处于高度发达状态的镭。它对构成该物质的其他元素的作用导致了永不发光的光，在所有方面都与日光相同。

这位旅行者发现自己在一个新的国家，却只有一个想法，一个抱负，就是想尽一切办法。然而，奇怪的是，尽管一个崭新的世界摆在我面前，但我的第一个念头是大地母亲。渴望像道者一样看到我的旧栖息地，这似乎是不可抗拒的。

触摸在地球上训练过的射线镜，会导致我躺在实验室中的身体发生即时变化，这将是灾难性的。只是超半径电流的再生特性使它保持在我的返回状态可以接受的状态，并且调节了该仪器的精密机制，以使电流精确地保持在适当的位置，只要地球的那部分表面暴露于火星。暂时干扰这种潮流，将意味着一定的死亡。

我立刻意识到另一种乐器的存在，那是在毗邻的房间里，并且感觉到对每一英寸的方法都非常熟悉，因此我继续进行。这个房间很小，刚好够大，可以用来操作放射线镜，这与我刚离开的房间完全一样。

凭借对仪器机理的全面了解，我很快就开始调整投影和接收设备。一架普通的望远镜被安装在该放射镜的巨大管子上，由于阿尔莫斯的灵巧，我很快就通过它定位了地球，从而看到了那个行星的放射镜。

我现在只需要打开电流来观看地球上的人们并观察他们的所作所为，就像夫们数百年来所做的那样，但是，随着我用手控制电流的杠杆作用，我停了下来。

透过望远镜出现的地球景象实在太美了，无法一目了然。由于火星与太阳之间的距离更大，并且当时的行星位置变大，所以有一半被照亮了，地球出现了与肉眼所见的月亮差不多的大小。可是多么美好的景象！沐浴在阳光下的北美洲和南美洲大陆的东半部，被大西洋西部的淡蓝色勾勒出轮廓。我对这两个伟大的大陆的外观非常熟悉，它们以地图集的形式绘制，以至于我很难识别它们现在出现的样子。从旧金山到华盛顿，墨西哥和中美洲的范围几乎与美国那部分范围相同。从加拿大到锥角的整个过程几乎呈圆锥形。

经过湖泊或河流的航空员由于其海拔高度而能够看见海底；这无疑是对北美和南美大陆怪异外观的解释。由于我离地球的距离太远，浅水像陆地一样出现，完全抹去了我们熟悉的海岸线，只有海洋的最深处才呈现出淡蓝色。

夜晚笼罩着欧洲和非洲，否则我将看不到它们，随着地球绕其轴心旋转，黑暗的阴影不断在大西洋上蔓延。我以为我必须掩盖那巨大的距离，以至于它旋转得太远了，对此我不禁发抖。

现在，我移动了控制电流的控制杆，接收设备中的镜头一下子就亮了深蓝色。超级半径的电流到达地球并在不到一秒钟的时间内返回，我看到，在我面前精美的照片是一片广阔的海洋，海浪翻滚并在我附近摇晃，好像我只不过在几英尺高他们。

通过减小电流，我发现镜头上的图像变小了，其效果与气球升起时的效果完全相同。由于地球的曲率，图片最初以大约30度的角度倾斜，但是通过操纵靠近手的小杠杆操作了放射镜中的镜子，此缺陷得以纠正。

在用海流搜寻之后，我终于遇到了一个大型轮船，显然是一艘远洋客轮。当她切入水面时，将巨大的巨浪抛在白色的云层中，她的视线很美，因此我很难将她留在视野中。当我似乎正直视她的甲板时，很明显她正处于暴露于火星的地球表面的中心。

我现在以西风的方向移动水流，以惊人的速度行进，直到我降落。我没有认识到第一个出现的沿海小镇，而是向北移动了海岸，减小了电流，直到看到广阔的乡村。向西北方向出现了一个大城市，我立即将其识别为华盛顿。将仪器引导到那个城市，我增加了电流，直到街上的人们在仪器的镜头上测量了两到三英尺。在这里，我发现大地的曲率导致我斜着向下看地面上的物体，但看不到足够大的角度，无法看到穿过镜头的人的脸。

但是现在我意识到一个奇怪的情况是，由于班轮在海上的运动，以前没有引起我的注意。尽管我看着在华盛顿的一幢大型政府大楼前经过的人，但我仍要继续调节仪器，以使这座大楼在视野中。此外，我发现我必须像对远洋客轮一样迅速地进行调节。实际上，显然班轮的速度无关紧要；它是地球绕其轴旋转并绕着太阳行进的速度，这是我必须与之抗衡的。通过望远镜这是无法辨认的，但是现在我已经与地球表面形成了如此紧密的视觉接触，我意识到了它冲入太空的惊人速度。我的仪器必须调节到每分钟数百英里的速度，才能将物体保持在地球上–衬套的运动微不足道！

将潮流向东移动到大西洋上，我发现黑暗丝毫不妨碍我对地球表面物体的视线。但是，镜头上的复制品与我观察太阳照射下的地球部分时所看到的外观完全不同。美丽的色彩为图片带来了极大的真实感，如今已被柔和的灰色调所取代，外观与照片非常相似。

我变得如此专注，以至于这个奇妙的工具向我揭示了地球上生命的不同阶段，我忘记了所有其他一切，直到一开始我就意识到有人在装有振动器的大房间里四处走动我最近离开的 我充满了恐惧。会是谁 这次意外访问的原因是什么？并没有警告过我不要进行任何入侵，我觉得与一个没有准备的火星会面和交谈是不可能的。然而，在那个房间里，是那些在其微妙的机制中保留了两种生命的工具，即使到现在，它们也可能已经被篡改了，足以造成最严重的后果。我一定不要再犹豫了。加快通向更大房间的通道，我把沉重的门廊推开，发现自己在火星面前。

第七章。
鲜花和莎拉的旋律。

我的访客似乎是一个约25岁，高个，英俊，宽肩而又白皙的年轻人，那种坦率和开放的面容宣称所有人的友谊。他毫不犹豫地伸出手，用火星的复合语言说：

"晚安。。我担心这是一种入侵。我中断了您的学习，但事实是……"

"一点也不，亲爱的丽恩！" 我发现自己在回复。"我很高兴随时见到您，现在，我该如何为您服务？"

尽管我以复合语言回答了他，但并没有引起丝毫怀疑，但我还是在不知不觉中做到了。尽管遇到与火星居民面对面的困惑，但我仍然保持完全平静，也不需要任何努力。在这种紧急情况下，大脑本能地遵循其自然习惯。好像是另一个人在我内部讲话，一个完全了解访客和火星事务的人。但是，我发现，当最初的惊喜过后，只要我竭尽全力就能做到。因此，我能够说出我想说的话，或者，如果需要，可以利用的知识作为信息。本人很容易回答问题，因此得到了答复，而我很快发现，凭谨慎考虑，我的访客没有危险怀疑他朋友的性格显着改变。

我从火星上最伟大的科学家之一那里得知了的信息，他准备对他的最新发明进行演示，这是一种杰出的乐器，称为。作为一个公认的具有科学性质的权威，一直寻求的顾问，并且希望他能出现在这个美妙乐器的演奏会上。

匆忙确定时间，我发现我只有两个小时可以安全地呆在火星上。我对地球的观察是如此感兴趣，以至于时间过去了，而我却没有意识到自己留给自己看星球的狭窄余地。但是，我通知我的访客，我将在几分钟之内准备陪他，并且匆忙地为这个新工作做好了自己的准备。

我意识到，一旦离开天文台，进入一个新奇的世界，可能会发生很多事情，使我无法在两个小时内返回。但是除了感觉到我有义务要参加这次示威游行之外，我还感到自己冒着巨大的风险，即使瞥见这个奇妙的星球的生命也无济于事。未来也充满了不确定性，这使我感到我可能会为在另一个世界上度过的五个小时付出高昂的代价。如果返回电流未能达到预期的效果，或者如果我在计算时间上可能犯错，我可能会继续留在火星上，或者如果我的房间被闯入并且我的身体移动了，那么结果将是灾难性的。

我必须不惜一切代价参加这次演示，但我将向主持人解释说，迫切需要在两个小时内返回天文台。我现在已经准备好迎接那段奇特的旅程，走近我的访客，我说：

"现在，雷恩，我将陪伴您，但是没有时间可以浪费，因为我使用其中一种仪器进行的实验需要我在两个小时内关注。"

当雷恩离开时，我阻止了门廊，跟随他走了一小段路，我们走出了一个用白色大理石建造的宽阔阳台。

美妙的景象遇见了我惊讶的目光。那是一个夏日的夜晚，无数钻石的光芒笼罩着天堂的穹顶，无数的星星可以看到，它们如此光彩夺目地出现在这种稀薄的气氛中。在我的下方延伸出一个看似宏伟的公园，到处都是白色的大理石建筑，同时容易漂浮在空中的是数百个小型的独木舟式飞艇，其中包括这个仙境的居民，斜倚在靠垫上，享受航行的乐趣夜晚凉爽的空气。当我想到这些非凡的飞艇有浮力的问题时，我立即意识到它们是由一种金属所支撑的，这种金属在其构造中被使用，这种金属可抵抗火星表面。道者发现，他们的行星就像磁铁一样，具有吸引和排斥的能力。发现北极和南极是这个巨大磁球的排斥极。这些极点上不可能存在不是固定在地球表面的固定物，因此极点本身不存在雪或冰。在做出这一发现之前，许多探险家的生命已经丧生；那些成功到达极点的人为时已晚，以至于无法将自己从地球上扔向太空。但是这种排斥极的表面太小，以至于有人认为极必须穿过行星的中心，以使其质量等于覆盖表面其余部分的吸引力。

按照这个理论，尽管不可能没有撞到地球的危险就不可能到达极点，但要在尽可能近的地方进行挖掘，并且要在地表下开凿一条隧道，直到到达所需的位置。遇到了从岩石到矿石的转变，有证据表明它受到了强烈的热量，并且在进一步渗透时发现了纯金属。发现这种奇怪的金属与火星人已知的任何其他金属不同，具有强大的排斥力。当它被带到地表时，发现它不仅保留了其排斥力，而且还因为其保留了吸引力，使石保持了吸引力，而且毫无疑问地，由于不友好元素的紧密靠近，这种作用力也大大增加了。远离极点的行星表面。发现这种金属的排斥力是一块相对比例的铁的比重的十倍，并且通过将其用于飞艇的构造，解决了火星上空中航行的问题。

阿尔莫斯（）对此类问题的了解使我立即意识到浮力问题的那一刻，但是，尽管我不禁惊叹于这个奇妙的人的独创性，但我外表上保留了阿尔莫斯（）的镇定举止。坚强的人格已成为一个特征。确实，雷恩一直在为我们准备使用类胡萝卜素-这些飞艇的火星名称-并没有意识到我的惊讶，很显然，在我经过适当注意的情况下，当我说话时没有阿尔莫斯的提示的知识，任何人都不可能怀疑我的真实性格。

我们打算在旅途中走过的类胡萝卜素与我看到的漂浮在我们周围的外观大不相同。雪茄形，其侧面和屋顶都像蒸笼的舷窗一样，其窗户和屋顶像是飞艇，而不是飞艇，因为它停在阳台侧面的平台上。但是，火星人发现的这种奇妙的金属的排斥力是如此之大，而我发现它们以两个或更多条状附着在类胡萝卜素的底部，因此，重量的重要性并不重要。这些条带在地面上时被包裹在一种非导体的材料中，从而抵消了排斥力。为了提高汽车的高度，只需要通过操纵杆将外壳向后拉，直到足够的金属暴露在火星表面上，以使排斥力升起类胡萝卜素为止，并通过保持这种暴露，将其升至任何所需的高度因此可以实现。

这种类风化气体的整个设计表明，它的制造是为了达到极高的速度，但是当我穿过一扇与圆形侧面齐平关闭的门走进去时，我惊讶地发现没有任何机械痕迹。然而，我立刻意识到了非凡的推进方式，如此简单却如此有效，以至于我不能不对这种科学进步的新证据赞叹不已。

大气压而不是减速来产生压力。在轿厢地板下并占据整个后半部，是一个钢制的腔室，一端宽五到六英尺，向下逐渐与类胡萝卜素的侧面成一直线，直至到达船尾，并在船尾开口直径英寸。通过化学过程，腔室内的空气被排出，立即产生真空。立刻，汽车外部的空气通过后端的小开口冲进来，其巨大的力会导致对室的前端和宽阔端部进行脑震荡，从而将类胡萝卜素向前驱动。这个动作是如此之快，以至于在高速行驶时，在一分钟内会发生一百多个疲劳。尽管这种推进方式很简单，克服了重力，并且类胡萝卜素的长尖头体几乎没有阻力，所以达到的速度非常出色。

雷恩（）站在汽车前端的位置，在汽车顶部的窗户可以看到前方的景象，现在他在他的侧面移动了一个杠杆，我们起身离开了天文台。然后我们开始滑行而没有振动或声音。慢慢地，我们穿过漂浮在我们周围的许多小类胡萝卜素，然后柔和的光线从一个顶盖发出，该顶盖包含用于照亮天文台的物质，当我们靠近它们时，它们向我清楚地向了我。我现在注意到这些女人异常美丽-只有在数百年来不知道疾病的情况下，美丽才是可能的。

离开了这个愉快的聚会之后，我们越过了一条宽约一英里的河流，其河岸与水垂直上升了一百英尺或更多。这些灯具被照明，每百码左右放置一次，使它看起来像一条宽阔的城市街道，尽人所能。我立刻想到这是一条美妙的运河，甚至从地球上都可以看见。当我经过那条河时，我观察到另一条等比例的运河平行延伸。尽管两者都在水平地面上，但它们的水流却迅速向不同方向流动。这是什么新奇事！

现在，我们的类胡萝卜素进入第二条运河，缓慢下沉直至距水面三十英尺以内。逐渐地，我们的速度增加了，直到沿岸的灯形成一条长长的不间断线。我们以每分钟100英里的速度飞驰，却没有任何震动或声音。以如此快的速度，它有可能在70分钟内包围火星，我想这几乎可以像在"仲夏夜之梦"中冰球一样快，后者吹嘘要在40分钟之内将腰带环绕地球。

我们沿着有围墙的小径飞过，穿过同样宽的其他众多运河，流入其中，直到十分钟之内出现了微弱的灰色灯光。天亮了，片刻之间阳光照耀着我们双方的银行。甚至当我看着太阳本身出现时，在五十秒钟的时间内，它在天上也很高。在十五分钟内，我们已经覆盖了全球近四分之一的区域，现在已经是午后了。

很明显，有一个速度限制每分钟100英里行进速度的类固醇的高速公路非常重要，并且比这些宏伟的水道能够更好地适应这一目的，这些宏伟的水道完全覆盖了这样的行星表面从几何学上讲，它们一直是地球上天文学家不可思议的来源。在数千年的历史中，修建这种巨大的运河系统的方法仍然笼罩在道者的奥秘之中，就像围绕着埃及金字塔的建造一样。

现在，我意识到了运河的另一种有价值的用途，实际上是类胡萝卜素手术的最重要辅助手段。如果不是这些运河中的水，那么就不可能检查如此惊人的速度。我们没有推进就跑了几百英里，而且速度也没有明显下降，当拉动他身旁的操纵杆时，雷恩将类胡萝卜素稍微向下移动。刹那间，我们沿着水面猛降，将巨大的雾状云层高高地吹向空中，在尾流的两边形成了雪白的堤岸，并做出了最出色的图画。我现在意识到了为什么这种高速的类胡萝卜素在外观上类似于潜艇。

逐渐地，我们的速度降低了，直到以每分钟不超过一英里的速度移动时，我们轻轻地离开了水面，并沿着几条分支渠前进。最后，我们慢慢升至运河两岸的最高点。我们越来越高，直到我们升到空中约一千英尺为止，然后以大大降低的速度前进。

真正的仙境躺在我们下面。绵延至人眼的最高点，是粉红色和绿色的风景，点缀着宏伟的白色大理石建筑。在乡村的桥梁和波光粼粼的溪流旁，蜿蜒曲折的狭窄小路蜿蜒蜿蜒，被树木遮蔽。但是城市或城镇都没有出现-甚至没有道路指示任何特定方向上的交通量。

没有小小的类固醇浮在水面上，并且由于我们车内的空气现在非常接近，我意识到由于火星大气层的照射，阳光的直射光线产生了很大的热量。显然，白天在火场上尽量掩盖火烈士的习惯。

打开油门的门以获得新鲜的空气，我一下子就被天空的醒目外观惊呆了，天空深蓝色，但阴影却几乎变成黑色。它呈现出整个夜晚的样子，可见许多恒星，它们如此明亮地发光，而阳光从周围的黑暗中闪耀出灿烂的光芒，以至于不遮挡眼睛就无法向西看。我现在意识到拥有像地球一样稠密的大气层的巨大优势，它可以使光扩散到更加舒适的程度。但是火星的天空显得很壮观，令我钦佩不已，直到几乎没有察觉到的震撼，我才发现我们已经落在了从一栋最富丽堂皇的建筑物的圆形阳台上伸出来的壁架上。

跳出来时，我用为此目的而系在阳台上的绳索将类胡萝卜素系泊了。我意识到这是着陆时的职责，当我确保一切安全后，雷恩就离开了他的行列，加入了我。

阳台上还停着许多其他类胡萝卜素，其中一些类似于我们的高速类，而一些较轻类类似于划艇。阳台上完全是空无一人，但是很明显，所有人都在里面听着琴马竖琴的演奏。

当我们穿过宽阔的阳台时，我惊讶地发现这座建筑的外墙完全被刻有精美浮雕的浮雕所覆盖，代表了的发明。如果天文台是白天，我会注意到它也装饰着发现的其他世界的奇观。地球上的山脉，海洋，云层，火山和船只；这些和许多其他在火星上不存在的物体，被以非凡的忠诚雕刻在天文台的墙壁上，并被道者视为一个陌生世界的奇观。

就像在天文台一样，门口挂满了沉重的门廊，经过这些门廊，我们发现自己似乎在一个巨大的棕榈园中，在那里人们可以看到火烈鸟成群坐在一起，或者漫步欣赏植物和植物。花卉。阳光从屋顶流进来，屋顶的覆盖物已被卷回，我意识到在白天，人们会在这样的地方找到道者。

雨水是未知的，因此有必要种植更精致的植物，以便定期浇水并避开中午的阳光以及本季节经常出现的热风。我现在意识到，我注意到的树木只能在溪流和湖泊两岸找到，而且，除了提供的绿色外，火星上完全覆盖着触角类的小而坚硬的粉红色花朵。，在干燥和多沙的土壤中生长。

雷恩现在离开了我，承诺在一小时内返回，以便我可以在适当的时候到达天文台。当我在高大的棕榈树之间缓慢行走时，随意走来走去，欣赏着美丽的花坛，其中一些我认作是土生土长的花，我注意到我遇到的所有人都以最亲切的问候打招呼。方式，有些停下来说几句话。我看到了在个人的首次露面时说出一切提示的重要性，并且我发现我可以与这些迷人的人一起参加最愉快的对话，并且知道他们的名字和他们感兴趣的事情。所有人都对充满热情，我焦急地等待着这个美妙乐器上的另一个数字。

由于我拒绝的路对我来说都很陌生，因此我认为阿尔莫斯对这座特殊建筑的内部并不熟悉，但是由于天文台附近有许多花园，因此他没有理由去参观这座建筑，除了这种场合。

我没有意识到这栋建筑的巨大规模，所以我走了很远，没有去见雷恩的入口，于是决定要求被引导回来，当我突然停下脚步，扎根在地时，每条神经都紧紧抓住一条路。微弱悠扬的声音似乎弥漫在空气中。地球上没有任何音乐能与之匹敌！在我之前，出现了美丽的花朵的景象，这些花朵的思想和自己一样美丽，并且通过一个人的天才，以一种美妙的旋律倾泻了他们的灵魂，如此优美，以乞形容。

由于非常熟悉这项非凡的发明，因此逐渐了解了发明家的奇妙天才。高大，沉稳，端庄。博学多才的人 通过发现使火星人永生健康的再生射线赢得了所有人的爱戴和钦佩。正是他发现了超半径，并且这种奇妙的力量及时被其他人使用，直到许多重要的发明由此产生，例如振动器，放射线镜，收音机，无需耗费能源或材料的照明，以及一些次要发明，所有这些都极大地促进了这位伟大人民的舒适和进步。

类胡萝卜素是他最重要的发明之一,它使得在一个小时内到达地球的任何地方成为可能,而在火星上的社会状况发生巨大变化之时,这种现象使运动加速了通过使全球每四分之一的居民每天彼此接触来扩大范围。这种空中飞行的方式是如此的容易和迅速,以至于城镇被迅速废除了,随着时间的流逝,火星达到了理想,并成为了一个美丽的世界-一个大家庭的宏伟遗产。

如今,使花朵发出了歌唱自己美丽的声音。在这个伟大的天才的脑海中,人们想到了这样的想法:由于在花朵的柔和色彩和阴影中存在着无法形容的美感-美得人手难以复制-还必须有相应的甜味声音或振动(如果有可能将其美丽转化为声音)。他认为,如果使仪器足够灵敏以响应这些极其微妙的光起伏而振动,根据物体的颜色和阴影而变化的光波可能会变成声波。然后,振动将根据光波而变化,并且将产生与花的美感相对应的声音和谐感。

经过许多次不成功的试验后,发现一种材料,这种材料以长度为20或30英尺的细线形式响应某种颜色的光而振动,因为钢琴或竖琴中的线通常会被同情地调和为人声中的某个音符,只要达到该音符就会振动。然而,这根电线对光的振动几乎是无法察觉的,只有在使用高度灵敏的仪器进行测试时,才发现它们。然后用几根不同厚度的金属丝制成,发现每根金属丝都会对某种颜色的光产生共鸣振动。然后增加电线的数量,以代表每种可能的颜色阴影,当将它们在两个大鼓之间拉伸时，会检测到微弱的声音。然后将鼓封闭在通向大号角的腔室中，因此，由细微的导线振动引起的声音（尽管像叹息的声音一样柔和）得以扩散和增强，从而到达大号的每个角落建造。电线封闭在一个黑暗的房间中，占据了摄像机中印版的位置，并在与之相对的墙上调整了一个大镜头。

现在，在阳光的照耀下，一朵花的图像被扔在电线上，形成了奇妙的声音旋律。花中每一种细腻的色彩都找到了一条与之对应的金属丝，并随着它而振动，而合唱团中所有人所产生的和谐感则是大自然中无与伦比的甜美之歌。当大自然用鲜花表达其美丽的梦想时，它们的朴素和光辉使人的手无法平等，所以这些花的旋律也远超人类所听见的任何事物。田野的百合花没有得到基督的敬意吗？他在这首无与伦比的旋律中不会听到什么奇妙的有效而简单的真理？由于在乐器前摆放了不同的花朵，音乐也会改变。它通常是悲伤而吸引人的低声祈祷，它将再次变成欢乐的凯旋合唱，充满生机与美丽。

有一会儿，我迷住了，然后被一种不可抗拒的神秘力量吸引了。当我热切地寻找通往声音方向的路径时，我意识到，随着我逐渐理解并同情这种令人信服的自然之声，旋律似乎成了我的全部希望。宏伟的交响乐激发了雄心，爱意，抱负和激情。就像其他音乐传道人一样，它被灵魂所听见和理解，当我热切地聆听时，我对一种爱的向往感触敏锐-一种很快就被遗忘的爱，我知道那是我的爱。在这个新世界的奇迹中，我忘记了爱，虽然我在世上已经准备冒险，但现在已经是第十一个小时了，谁能说我是否应该回到这个天堂？

看到一个小小的乡村乔木，并被过度的情感和美丽所克服，我转过身去休息和思考。坐落在建筑物的阴影角落中，乔木的内部几乎是漆黑的，我觉得在这里我会很孤独，无法观察。在此刻我觉得自己已经浪费了的时间里，每一刻我心里都变得更加难过，当旋律消失时，我的头沉在我的手臂上，因为我将它们放在我面前的桌子上。我那大地调谐的灵魂似乎仍然在那迷人的音乐的魔咒中徘徊。

我就这样呆着，但是片刻之后，我意识到自己的手轻轻地放在我的肩膀上，声音像刚刚消失的旋律一样甜美而温柔，喃喃地说道："阿尔莫斯，可怜的阿尔莫斯！"

触感可以治愈，并且像雪一样柔和。我抬起头开始了，说出了本能地出现在我嘴唇上的名字-"萨拉！" 仿佛另一个男人在说这个名字，而我站着的那只柔软的小手握住了两个矿井中的一个囚犯，凝视着我经常在脑海中看到的那个美丽的人。真是撒拉！

我现在知道，这幅美丽的图像并不是幻觉，而通过发生了什么奇迹，我也不在乎。足以使这个美丽、容光焕发的女人真正存在，并在心中一，就实现了对她的无尽的永恒的爱。

在最初的那一刻，我可能不屑一顾地说了些什么，但我不知道，但是在我再说不出话来之前，的镇定举止自言自语，而声音却没有证明我是如何被撕裂的。在里面，我说：

"查拉，你怎么能找到时间从学习中流连忘返？"

她回答道："我的学业把我带到了这里。"她轻轻地伸出手，站起来好像要走。然后，她用一种调皮的责备的语调迅速抬起她闪亮的眼睛，"你还没有在天文台进行实验，需要你的注意，你可以在这里徘徊，吗？"

她站在我面前的样子看起来多么美丽！当然，我不能希望有比现在更好的时光告诉她我内心的一切。未来充满不确定性，也许我将再也没有机会谈论我的灵魂被烧毁的机会。

我温柔地将一只手放在她的肩膀上，低头看着她美妙的眼睛，"扎拉，我一直在这里停留的原因是想你。"

她微微的颤抖是我在几秒钟内收到的唯一对我来说似乎是数小时的回复，然后，她的眼睛转开了，所以我无法读懂我的命运，她喃喃地说："你没有来听那美妙的歌吗？哪种使花朵发声？"

"我做到了，"我热情地回答，"它那甜美的旋律只对你耳语—球体的光芒四射的玫瑰。它告诉我心中的向往—唱着你的伟大的美，以及我对你的无言的爱。．在我浪费的时候抽泣着，时光流逝，时光流逝；然后，它消失了，就把我引向了你，这不是上帝直接从自己手里拿来的花朵的旋律吗？我应该爱你，因为它本身就是真理，它只能吸引人内心的真理。"

我把她那不可抗拒的形态吸引到我身上，然后轻轻地推开一头柔软的棕色头发，我温柔地亲吻了那美丽的脸庞，充满了爱的光芒。我脑海中传出了传说中的美丽之美的念头。有谁能与我的火星恋人相提并论？面对海洛因（在特洛伊"发射了一千艘"船的）海伦的脸，在它旁边变得微不足道了吗？

如此一刻，我们仍然如此，我们俩都没有人愿意打破那种神圣的沉默，对恋人而言，这比言语无穷无尽。感到我的爱得到了回报，我怀抱中的她是我的，这种喜悦使我忘记了所有其他一切，直到撒拉小声哭泣：

"最亲爱的，在我们的极大幸福中，我们一定不要忘记已经赋予我们的职责。您必须立即返回天文台。过来，我会陪您到雷恩等待的地方。"

撒拉的话语的真相绕在我身上，使我完全犯了一个可怕的错误。在撒拉（）的眼中，我是火星人，她是毕生的朋友，阿尔莫斯（），她对我重返天文台的不安是她对火星的责任感的激发-她的唯一信条。当她的声音，举止，特征，甚至知识是她的亲密朋友的话时，我还能用什么话来解释我不是阿尔莫斯人？即使有可能使相信人格的显着改变，也可以通过全面解释改变是如何产生的怪异而离奇的细节来实现的，我希望从中获得什么幸福；她热爱的是阿尔莫斯，不是什么都不知道的陌生的精神，即使是来自异世界的精神。

当我走过萨拉（）时，穿过这个充满泛滥的花园，朝等我的入口走去，这些想法就让我心中充满了。但是，尽管我对自己无可救药的案子的实现完全感到沮丧，但我感到我对撒拉的爱的认识被我错误地掌握了，但这却使我承担了神圣的职责。因此，尽管我的幸福之杯现在变成了悲伤和痛苦中的一种，但我并没有对外表露自己的情绪。当萨拉（）建议我们第二天晚上见面时，我很快同意了所有恋人的渴望。

我们现在到达了入口，当我们走到阳台上时，我看到等着类胡萝卜素在等待我。我会在一个开放的大类胡萝卜素中看到一个快乐的聚会，并知道他们是的朋友，所以我会陪着她去找他们，但是她低调地恳切地恳求我不要浪费时间去到达天文台。

告别一句话-轻压双手，我们分开了。当我走到雷恩站着的地方，为旅途做好准备时，我不由惊叹于道者们眼中的一切神圣职责。同样的职责，除了履行自己的职责外，别无其他奖励。当我想到另一个被黄金奴役的世界的无尽斗争，自私和犯罪时，我感到羞愧。

第八章
每分钟100英里的类胡萝卜素。

当我走进油烟机时，在操纵杆上处于他的位置。当我关闭并系紧钢门时，我们慢慢站起来，描绘出一个大圆圈，朝运河驶去。由于天上的太阳已经很低了，所以可以看到许多开放的类胡萝卜素，但是这些类胡萝卜素很快就过去了，在几分钟之内，我们到达了分支运河，我们的速度有所提高。

现在我的想法转向了我之前的漫长旅程。自从我离开天文台以来，我一直非常关注快速事件，因此我很少考虑时间。我非常高兴见面并与在一起，使我完全忘记了在两个小时内返回天文台的重要性，并且当我脑海中浮现出一个念头时，我急忙咨询了时间。令我非常沮丧的是，我发现只有二十分钟的时间可以覆盖四分之一的火星。我知道这是有可能的，但留给我们的利润如此之窄，以至于途中的任何延误或事故都将对我们的计划造成灾难性的后果，从而带来致命的后果。

现在，我们到达了达到如此高速的大运河，然后上升，我们越过了它。当我们越过河岸时，阵阵狂风刮过我们的声音，从车底传来一阵刺耳的声音，透过车侧面的一扇小窗户，我在远处看见了一个斑点，在另一个片刻，消失了。现在，我们的类胡萝卜素随着正在驶过的汽船中膨胀的船的运动而轻轻摇动，我立即意识到，另一个以惊人速度行进的类胡萝卜素已通过我们下方的运河。

我们现在到达了与我们刚刚经过的那条运河平行的运河。这在每种方面都与第一种相似，并且被方向相反的类固醇所使用。我们驶入这条运河，随着速度的增加而下沉，直到达到最高速度时，我们行驶的高度不超过水面三十英尺。因此，只要有必要，我们就准备立即下沉以降低速度，因此就遵循了这样一个简单的规则，即随着速度的增加而从高处下沉并降低，这使得不可能发生碰撞。

当我们开始的下午很晚时，日光很快消失了，几分钟后，我们完全陷入了黑暗，运河两岸的双线照明是我们的唯一向导。我急切地想着我们前进的时间，但是却知道分散雷恩注意力的危险，即使是一会儿，当我们以如此快的速度旅行时，我保持沉默，也没有允许我的方式提供任何证据，我的焦虑

我现在意识到，如果我及时到达天文台，我将把生命归功于萨拉。她两次使我想起我在天文台的职责，并坚持要我立即离开，而在她美丽的影响下，我会流连忘返，直到为时已晚。我的心思完全确定了如何纠正我认为我做过的事是错的，承认自己对她的爱是撒拉。我想在天文台给他一张纸条，意味我希望在第二天晚上告诉他时与他交流。

我爱的绝望是平淡的，因为她爱的是阿尔莫斯，她也相信阿尔莫斯已经向他坦白了他的爱；而且，由于有一个恋人的信念，即每个人都必须爱他所爱的那个人，我感到阿尔莫斯无疑爱过撒拉。的确，我默默地赢得了她的认罪，可能正是他对她的爱戴。这样，将没有理由后悔我的行动，而将永远不知道将他们聚集在一起的奇怪情况。因此，我在脑海中描绘了一个自私自利的行动的一个愉快的结论，起初我曾惧怕，

这必将压倒性的悲伤和屈辱带入三种生命，其中两种对我来说比地球上任何人都珍贵。

为了减少速度，我们沿着运河的水面下沉，我被打水的突然吼叫声唤醒了他们。我们终于接近目的地了，我的思绪一下子回到了现在迫在眉睫的危险–到达天文台时发现与巴黎的波涛接触已经停止，我为时已晚，无法从世界回到世界我来了。在这种情况下，我决定将自己的经历简要地写到上，在安排了超级半径的电流以便将我的精神从振动器中传达出来（我不知道）之后，我便进入攻击者并将尸体移交给其合法所有者。

尽管我确定这门课程显然是我的职责，但是如果我来不及返回地球，那么这种程序的绝望性质促使我采取行动。我们现在从运河中升起，在相当高的高度缓慢地漂浮在空中。努力抑制情绪激动，我敦促雷恩提高速度，他立刻通过增加力量做出了回应。就像现在在火星这部分的午夜之后一样，我们没有在飞行中遇到小类类胡萝卜素的危险，在片刻之内，令我感到欣慰的是，我分辨出了位于我们下方的天文台。在描述建筑物上的圆圈时，我们慢慢下楼，几秒钟后我们到达了阳台。

感谢我的同伴一次热烈的握手（即使在火星上也很自然），我再次向他致敬，然后踏上阳台，全速赶往天文台。一切都在我已经离开的状态下进行，令我大为放心的是，在与巴黎的波涛接触停止之前，离境过程的必要时间仍然存在。现在，我的心向她表示衷心的感谢和爱，因为她渴望做对的事，只是把责任放在了她的爱之前，因此对我来说是无价的服务。

到达后，我立即通过将放射仪的投影仪替换为接收仪，为回到地球的旅程准备了振动器。现在只需要启动发条装置，该发条装置将在半小时内切断流向大地的电流，并开始流过振动器上腔的电流。

在给写了一封简短的便笺后，说我希望在第二天晚上与他进行交流，然后再进行一次探访，然后我匆匆检查了现在的超半径电流，该电流现在从投影仪通过振动器流向地球。当我的精神释放出来的那一刻，它就会被这股潮流所吸引，并传达到我的身体，它躺在我巴黎的房间里。在半小时内，发条将切断流向地球的电流，然后打开流经振动器上部腔室的电流，从而将的精神传回体内，因为它位于下部腔室中。

一切都井井有条，但是我走进了振动器，并小心翼翼地拧紧了门，准备了氯仿锥形杯。我意识到回返旅程中有很多危险，而在我的火星旅程中却没有。如果我在计算时间上犯了错误，那么可以在巴黎的身体上保持超辐射电流，或者如果我的身体在那个时间里移动了，那无疑对我来说意味着死亡；在这种情况下，关于是否想到是否会得知我明天的命运的想法浮现在脑海。意识到这种忧虑的危险，不仅是因为他们浪费了宝贵的时间，而且还因为他们在犹豫意味着死亡的那一刻往往使我感到不安，我迅速将氯仿锥形物固定在我的脸上，然后吸入烟气。

片刻的意识-闪烁的光芒-

第六章
实现无望的爱情。

我睁开眼睛-白天很光亮，有一段时间我梦见躺在床上，梦见着我熟悉的物体，不知道前一天晚上发生的一切。然后，我注意到自己已经穿好衣服，突然意识到这一切都浮现在我身上，然后一跃而起，我兴奋地在房间里来回走动，捏着我的胳膊和腿以确保它们处于正常状态。在这一点上令我满意的是，然后我看了看时间，令我惊讶的是，发现正午。

当火星在凌晨大约1点钟离开波涛时，我必须在精神回到地球后的11个小时内睡觉。我非常担心，即使这是我重新获得意识的好运，也只会发现我失去了四肢的使用能力，无能为力。我认为，超辐射电流将使我的身体保持在自然状态，甚至可以诱发睡眠。但是，有种种迹象表明我已经从自然睡眠中醒来。我感到新鲜和充满活力，在我的沙发上放着锥形盆，在我睡觉的时候，它解开了，翻过来压碎了。如果我一直保持昏迷状态，就不会有这种烦躁不安的迹象，我认为这很重要，可以证明我的睡眠是自然的。但是，除此之外，我并不认为从脸部去除视锥细胞是重要的，因为在我失去知觉后不久，氯仿必定会完全蒸发。

现在，我又回到了实验室，面对着一个事实世界的单调乏味的生活，围绕着我，在不断的交通声中，我从敞开的窗户直达我，这证明了我自己，前一天晚上的奇妙冒险一个奇怪的梦 因为没有明显的证据表明我实际上已经在火星上，所以我可能会得出这样的结论：我仅使氯仿使自己陷入昏迷状态，并从这种状态进入了深度睡眠，我梦见了自己的非凡经历。但是每个细节的清晰性和一致性足以使我相信我在火星上经历的真实性，而且在我脑海中如此生动刻画的这些人物生活在数百万英里之外的世界中。然而，比这更有说服力的是我感到对我负有的道德义务-我应负的另一项义务。梦以求的责任心使我离开。

，我非常清楚地知道，我爱着一个不可能的爱，爱着另一个星球的美丽存在，而我的责任在于将这种爱放弃给它的合法拥有者阿尔莫斯。

因此我的发现并没有带给我胜利的喜悦。当发明家向世人展示自己的创造力和学习成果时，他的职业生涯中的骄傲时刻是我的。的确，如果想到这样的激动，即与火星如此轻松地交流的消息，如果我在著名的科学家面前证明了它的真相，就会使我下定决心更加嫉妒地保护我的发现的秘密。数百种类似于我的乐器将被制造出来，所有火星上的居民很快就会知道他们可以与地球上的人们交谈，从而导致两颗行星各部分之间的不断交流。这样的创新很快将成为富人的定期消遣。那时我将不可能再次访问火星，因为超半径流的穿越将给这项工作增加严重的危险。

我现在有可能因意外（有人闯入我的房间或偷听我与的谈话）而成为我的秘密，并且，由于担心我永远与分离，我决定当晚再次造访火星。

我原本打算立即向告诉我对的爱，但是为了证明我再次见到她的强烈愿望，我现在看到了推迟这一点的几个重要原因。我已答应第二天晚上让和她在一起，这对我来说首先兑现对她的承诺似乎是光荣的。而且，在这种情况下，阿尔莫斯在这么短的时间内见到她可能会很尴尬。当一个人迈出这种步伐时，他通常已经花了一些时间进行事先考虑，那么，当为他采取这一步时，还需要考虑什么时间。因此，我决定继续履行对的承诺，并在下一次接触中努力再次访问火星。

但是，我不后悔把钞票留给，因为我没有办法告诉检查者机制是否已完成了预期的工作。我离开后，的生活取决于该机制的正确运行，因此我急于了解他的安全性。他还想知道我的安全抵达，然后再为自己的另一项事业做准备。因此互相见面是必要的。阿尔莫斯毫无疑问会警告我这一点，如果不停止波浪接触会阻止他给我指示。

下午很晚，饥饿感使我想起我二十四个小时没有品尝食物了。但是，我知道自己在附近的一家咖啡馆吃了一顿便饭，知道这次有大量进食的危险。令我惊讶的是，我发现这少量的食物显然满足了我的所有系统要求。不仅缓解了我的饥饿感，而且，当我回到房间时，我意识到了一种力量和活力，这对我来说是全新的，现在我想起了我刚醒来时所经历的那种。难道是拥有奇妙的再生射线并给火星人带来永生的超辐射流正在使这种变化在数百万英里的距离上逐渐作用于我的身体？这是不可能的，因为这似乎没有其他方法可以解释我体内发生的显着变化。

在拥有永久的生命，健康和青春的思想中，我所经历的强烈兴奋不过是短暂的，我带着自己的发现完全意识到了我所承担的巨大责任，来到了我的实验室。我不能再保密了；每天我从同胞那里不了解这些射线的知识时，都会把数百，甚至数千个生命献给我。并没有告诉我我应该自私地保护它。希望，即使我永远都不能称呼自己为，但我可能经常在她的火星天堂与她度过一些快乐时光，如今这种希望被永远粉碎了。我必须扼杀我的爱或对地球上每一个活着的灵魂犯罪。当我痛苦地走动自己的房间时，我的手压在太阳穴上以缓解它们的抽动，我的脑海里响起了巨大的痛苦之声。两种矛盾的情感，爱和责任使我的心碎裂了。在这种身心的折磨中，我在房间里来回摇动，直到渐隐的灯光警告我即将与火星接触。

我只有一条路线可供选择；我会告诉我对射线的经验，如果他决定使它们与正在再生的射线相同，并具有所有射线的特性，并且连续的生命现在已经在地球上人们的范围之内，那么我将做出我的发现明天公开。不管它付出了什么牺牲，这都是我的庄严职责，而我不禁感到这次第二次访问火星可能是最后一次。

匆忙检查我的仪器可以确保一切都井井有条，打开电流，我现在看着电线表面是否有辉光，这表明开始进行波接触。如果出现这种光晕而没有任何形式的图像，则将仅具有一种含义-振动器的机构在前一天晚上未能完成工作，并且灾难降临了高潮。

我的心脏跳动很快，因此，在短时间内，我的仪器上部出现微弱的辉光，并迅速散开，直到它覆盖整个表面。当它变得越来越亮时，我不得不转过身去，直到我无法辨认出任何图像，而且，当我站起来遮住双眼免受强烈的眩光时，我感到自己的心沉入了我的内心。但是，在我再次接近乐器之前，我听到了我的名字，那是阿尔莫斯心爱的声音清晰，响亮的声音。

我带着弓步到达乐器，在那里，他的双手伸向我站着，他英俊的脸上露出问候的微笑，我看见了我那勇敢的火星兄弟。

"我亲爱的阿尔莫斯，我很高兴看到你安全！" 我哭了，发现发现片刻前的恐惧是没有根据的，欢乐的泪水涌上了我的眼。

"这完全是由于您的遗忘,我们中的任何一个人都是安全的。"阿尔莫斯回应道。"如果您没有这样做,无疑是由于彼此的计划不了解而给我们中的一个或两个人带来了灾难。我勇敢的同胞,祝贺您如此成功地完成了您出色的旅程。这是迈出的第一步。地球和火星命运的联系。

"但是现在我想听听您在这里的经历,因为尽管我逐渐意识到您留下的很多印象,但我发现只有我脑海中暗示的东西我才能收集任何东西。"

我回答说:"然后,很明显,大脑只是心灵的参考书,因为我不是立即意识到您对火星事务的了解,而只是在我的思想提出了一个主题之后,因此,大脑知道了它在大脑上产生的印象,但是完全不知道另一个大脑给出的印象,除非提出了建议。"

现在,我向简要介绍了我的旅程,并解释说,由于我打算在当晚再次造访火星,因此我将把自己的经历全部保留下来,直到第二天晚上。我小心翼翼地不提及,因为我觉得与她的第二次会面使我处于一个更好的位置,可以在这个极其微妙的问题上与接触并把他的计划摆在他面前。此外,我担心没有任何事情可以干扰我如此强烈的期望所带来的那几个快乐时光。

阿尔莫斯全神贯注地听着我的叙述，直到我总结出再生射线的显着效果后，他才说出一句话。然后，令我惊讶的是，他说：

"结果是我完全期望的。超射线流中存在再生射线的证据在于，您的身体被完美保存了六个小时，而且没有理由认为它们之间存在差异从无限的时间里保存生命的光线中来。"

我坚决宣称："那我再也不能将发现保密了。""立即公开了解火星发出的这些奇妙的光芒，这是我的庄严职责。"

"你所说的确实是事实，"阿尔莫斯再次加入。"时间已经到了；火星上的人民的生存，我们的早期历史，进步以及我们今天生活的条件，现在必须在地球上广为人知；我们必须向我们提供我们的发明和科学进步"自从发现了使我们能够看到地球上的人们的射线镜以来，火星一直渴望向她的妹妹伸出援助之手，现在已经到了，并且地球上许多年前的生活条件将会与这里的工作相似，但是必须完成一项伟大的工作，但是工作的重担却落在了我身上；完成工作之后，我的生活目标就实现了。．亲爱的同伴，但目前没有时间进行解释。半小时内，我将为您的访问做准备-记住，无论发生什么事，明天都将得到解释。"

如此说话后，他的声音和举止表现出极大的诚意和决心，他挥手告别，随后乐器突然陷入了黑暗。

有一阵子，我一动不动地站在他那杰出的个性压倒我的咒语下，甚至他的突然举止也丝毫没有出现，在这个火星般的天才中，言行举止如此完美地和谐。确实，这似乎是对过去所有观点的恰当结论。说话很快，仿佛意识到只用言语就浪费了时间，他那张英俊的脸，下定决心坚强，使我着迷，他承认了自己内心最亲近的雄心壮志-将成千上万的发现和发明献给了地球多年的科学进步；所有这些导致了火星上存在的长寿，健康，和平与幸福。

我对自己的微不足道感到谦卑，并对这个伟大的角色感到钦佩，我慢慢地转身离开，然后点燃了灯，开始为我的旅程做准备。

我的信件和其他文件，加上简短的解释，仍然留在我的桌子上，当我瞥了一眼这捆书包时，我意识到了一种紧张，尽管在很多时候，这很自然，对我来说完全陌生。在前一天晚上的第一次拜访中，我并没有感到最不安，但是单单看到我的桌子上的这个包裹，加上说明，现在就让我感到不安，我可以尝试一下，不要忽略。

在为我的房间做了一些必要的准备工作之后，我用锁和螺栓固定了门，然后在仪器前拉我的沙发，倒出一杯酒并点燃了雪茄，希望以此来安抚我的神经。

那天温暖而封闭，一阵异常暴力的雷暴使夜晚变得疯狂。从天上飞奔而来，似乎在相互映衬着的生动的闪电，伴随着震撼人心的雷声，将建筑物震撼到了地基上，而狂风的呼啸声，仿佛它正在掠过在海上航行，增加了暴风雨的噪音。

过了一会儿，仪器上的辉光便发出了我离开的信号，而且，当我准备好氯仿锥形杯时，我不禁为自己的精神在这场暴风骤雨中发抖而颤抖。似乎死亡似乎害怕被驱逐出大地，永远被他残酷的胜利所破坏，已经使愤怒中的元素松散了，并等待着我大胆的精神复仇，因为它在太空中飞速前进。

此刻，电线表面上强烈的白色眩光瞬间证明了超半径电流。这是我离开的信号，我经过简短但认真的祈祷，抓住了锥形盆，然后在沙发上坐下，吸入了氯仿烟雾。

第十章。
萨拉的认罪。

充满感激之情，我睁开眼睛，发现自己陷入了竞争者的行列。我曾担心这场风暴可能会带来灾难性的后果，它已经安全地通过了，现在统治着火星美妙的宁静。我离开地球时所经历的那种奇怪的不安，是因为对我之前的巨大喜悦的期待而被遗忘的，否则我会注意到缺少通常的，平静的，阿尔莫斯人的特征。

我与约会已经过去了一个小时，并且渴望与她在一起，我急忙为返回地球做必要的准备。尽管这些只是改变电流以使其从振动器流向地球，并为出发时间调整发条，但我还是事先确定了这样做的重要性，因为匆忙出发会犯下任何错误证明对阿尔莫斯人或我自己都是致命的。

经过这些准备，我现在去了阳台。我依靠阿尔莫斯的知识引导我去扎拉，当我到达户外时，我立刻感到他的判断是正确的。阳台上停泊了两个类胡萝卜素，一个是潜水艇型的大型高速型，另一个是开放式小型型。我踏进了后者，在对它的操作有全面了解的情况下，他滑过凉爽的夜空。

我轻轻地上升到大约三百英尺，躺在悬浮在我身下的仙境和璀璨的星空之间。我完全知道自己要走的方向，但是有那么一会儿，我躺在那里悬浮着，只享受着一个地球上的居民，享受着这一切的奇异和惊奇。

那个小船已经达到了设计要上升的高度极限，当意识到这一点时，我意识到，为了安全起见，所有类胡萝卜素都受到其构造中使用的排斥金属量的限制在一定高度。高速类固醇由于其构造而更好地适应了高海拔地区的大气条件，因此可以上升数千英尺，但都限于它们所属类别的安全高度。这样就消除了排斥金属与大气无关的作用，从而消除了类胡萝卜素不受控制以及上升到包围行星的空气包线以上的危险。

当这些想法浮现在我的脑海中时，我带着无数的星星瞥了一眼天堂，这就是我来自的世界！一种非凡的现象满足了我的目光。在西方悬挂着一个月牙形的月牙，比地球上的月球要小一些，但是非常明亮，而在东方以外则升起了另一个满月。后一个月亮升得如此之快，以至于它穿过天堂的旅程是可以察觉的，而且很明显，在一个小时之内，它便逐渐沉入新月形之中，并沉入西方地平线。在七个小时内，它将环绕火星，并再次出现在东部地平线上方。

当我意识到距月球只有几千英里远且很小时，我对月球的兴趣增强了，只需要几天舒适的步行就可以将月球围起来。与我从地球的旅程相比，这几千英里似乎是微不足道的距离，我立刻想到了可以通过高速类胡萝卜素到达它的可能性，该类类胡萝卜素上附着有足够量的排斥金属以克服火星的引力。但是我立即意识到一个事实，那就是很多年前就曾尝试到达月球，而从事危险旅程的勇敢的道者却再也没有回来。尽管它们的类胡萝卜素在离开火星大气层后会携带足够多的氧气来提供足够的氧气，但后来才决定他们迷失在太空中，无法到达月球或返回火星。如此小的物体的引力不足以吸引它们，除非它们沿其方向笔直移动，而且，由于月球在火星上快速移动，这种可能性很小。而且，一旦离开火星大气层，就不可能推动类风云，并且由于错过了月球，它们会不断地穿越无尽的空间。如果它们到达月球，它们可能会返回，因为在重力如此小的物体上的排斥力会大大增加，并且一旦它们暴露出排斥金属，就会将它们再次推向火星的重力。毫无疑问，他们从未到达月球，而他们可怕的命运导致了这种危险金属对所有类胡萝卜素的安全限制。

我沉迷于的知识所提供的这些极为有趣的细节中，那时间过去了，而我却没有意识到，而由于浪费我与一起度过的宝贵时光而责备自己，现在我将杠杆移到了我的身边然后轻轻地向前滑动。

然而，月亮飞快地穿越天堂时，似乎对我产生了一种奇怪的迷恋，我的目光不断地转向它。如果我意识到这种迷恋是由一个可怕的危险的来临引起的，我可能已经留意了警告，但现在渴望到达旅程的尽头，按照地球的谚语，这应该以恋人的聚会结束，我只想到我迷路的时候，不耐烦地把这个话题从我的脑海中移开。

此外，当我与的会面近在咫尺时，与之相关且具有更严肃特征的想法充斥着我的脑海。我现在对她的访问现在似乎最没有道理了。如果我为前一天晚上的行动找到了借口，那么突然就看到了我崇拜的对象的热情，不像我以前那样陌生，我现在就没有这种借口了。在看到我的愚蠢并意识到我对她的立场的欺骗之后，再次以阿尔莫斯的身份出现在她面前，将是一种可耻的欺骗行为。我以前还没有意识到这一点，因为我只想到了我对她的热爱以及与她再次相处的快乐，但是现在，真理所展现出的压抑力量使我犹豫了一下，然后又迈出了一步。感觉不可能在之前辩解。在这种巨大的不确定性中，我慢慢地滑行了。

夜晚的美妙寂静只有被从下面传来的微弱的嗡嗡声和快乐的笑声打破了。一眼往下看，我观察到漂浮在我身下约200英尺的无数个开放的类胡萝卜素，时不时地出现了那些高速类的类胡萝卜素，它们缓慢地向运河行进，飞向了地球的不同地方。但是，尽管我知道为了方便降落，习惯上走得足够高以逃离建筑物是很习惯的，但我继续以目前的海拔高度行驶，因为我感到需要深刻而认真的思考，我意识到在同性恋人群更接近表面。

由于开放式类风筝（主要用于娱乐）所能达到的最高速度为每小时八英里，所以我五英里的路程给了我充足的冥想时间。当我终于在一个本能地将我的类胡萝卜素引导到的白色大理石小别墅的阳台上下车时，我就完全确定了自己认为是唯一光荣的路线。这是要向所有人倾诉，无论付出什么代价，向她揭示隐藏在另一个世界中的一个陌生条件，这个世界隐藏在她朋友阿尔莫斯的身后。

在确保了我的类胡萝卜素后，我站在阳台上，欣赏我面前的美景，它沐浴在美妙的星光下，远比人间满月的光芒灿烂，星光灿烂。没有乌云的天空。除了一点点溪水的涟漪般的笑声之外，一种完美的宁静仍然占据了上风，它穿过一排树丛，一直延伸到一个闪闪发光的银色湖面，距离不远。

"在这样的天堂里，有幸福会是我的，撒拉为我自己！" 我想，一个极大的痛苦充满了我的心，因为我意识到这是不可能的，而现在，我第一次也意识到了没有撒拉拉的生活是不可能的。突然遇到与我所爱的人相遇的恐惧—一种在她眼中看到爱的光芒的恐惧，即使是一瞬间，也知道那不适合我。在得知她是如何被欺骗之后，我感到不忍心看着她美丽的脸庞变成一种仇恨的温柔表情。在我的精神痛苦中，我发出了深深的情感之声：

"啊，萨拉！我赢了你，但你不是我的！你爱过我，但我却不被爱！"

"我是你的，我爱你，哈罗德，"在我身旁轻声抗议。

一开始，我转过身来，看见萨拉（），一会儿，我站起来仿佛凝视着幻影。

意识到我的困惑，她轻轻地将手放在我的手臂上，充满同情心的低声说："我爱的是哈罗德·隆斯代尔！"

一阵狂喜，我抓住了那只白色的小手，将它压在我的嘴唇上。我用胳膊着她，我温柔地把她拉向我，凝视着她美丽的眼睛，那里充满了温柔和爱的世界。我的内心无话可说，真是太美妙了，无法理解。足以使我知道完全属于我，在那绝对幸福和满足的那几个沉默时刻，这小溪流的快乐笑声似乎涌入了所有创造的欢乐合唱中，这就是伟大的爱情原则。

我们一起离开了阳台，走到了大树下，朝湖边走去，撒拉拉与我有关，她如何通过自己拥有的仪器传输和接收思想波，不仅学会了阿尔莫斯与地球的交流，而且还描述了他所说的那个遥远世界的居民的心理印象。

在我第一次与火星交往的那天晚上，当她感到非常惊讶的是，她开始与地球进行交往时，萨拉就在的脑海中测试了这个乐器。由于这是该仪器的首次试验，本人并没有意识到扎拉的发明的成功，尽管他对扎拉的发明非常感兴趣，并在其构造过程中多次提出了建议。尽管该仪器仅能在几英里范围内发送和接收思想波，但很明显，通过与我通讯的阿尔莫斯思想介质，思想波被超半径传送到了地球当前。

莎拉因此得知了我提议的去火星的消息，但不知道何时进行该尝试，直到看到卢莫哈普的独奏会上的阿尔莫斯人明显受苦时，她才担心该尝试会带来灾难性的后果。但是，当我对见到她感到惊讶时，她立刻知道，在她面前是那个遥远地球的人的个性，这个人在心理上被投射到她身上，被称为哈罗德·隆斯代尔。当我对她谈起我的爱时，她意识到自己的形象也已经投射到我的脑海里，当她听着我慷慨激昂的话时，她在其中认识到伴随着我的形象投射的爱的想法。确实，通过这种非凡的乐器，我在波波接触中对撒拉的所有想法都投射到了她身上。

我渴望看到并研究这种机制，通过这种机制，思想可以传播到数百万英里之外："但是，您说的这个美妙的乐器在哪儿，萨拉？"

我们到达了湖，现在站在河岸上，俯瞰着闪闪发光的表面。

当她向我靠近时，她的微弱的震动震颤着，恳切地说："你一定不要要求看它！哦，哈罗德！你不知道这种乐器带给我们生活的悲伤吗？如此深深的甜蜜，以至于您看不到它背后的苦涩？您可以成为对我的挚爱记忆-数百万英里之外的情人的记忆-但我们之间的距离远远大于距离！"

她的声音因抽泣声而消失，当我轻轻地将她拉向我时，她痛苦地哭泣。这样，地球上的我就为这个数百年来不为人知的悲伤流下了眼泪。

我争辩道："但是，最亲爱的，柔和地抚平柔软的棕色头发，并为她加油打气，"我们现在正处在一个行星交流的时代，也许不久之后就会发现一种真正的转移人的方法。从一个星球到另一个星球。几年前，探险家在尝试到达最近的月球时没有想到这一点吗？即使他们未能达到目标，谁知道他们并没有被某个星球吸引在当时的反对派中，现在准备为下一次反对派的回程做准备吗？在太空中完全没有抵抗力的情况下，它们的速度将变得非常好-每分钟数千英里-并且以这样的速度可以在一个月的氧气供应用尽之前到达对面的行星，不会产生热量，因为直到达到大气层之前都不会产生摩擦，但是在此之前很久他们就已经施加了排斥力，会降低它们的速度，从而使它们能够在大气层中平缓航行，并安全地在地球表面上着陆。"

尽管我对自己想要激发的成就没有太大的信心（我知道在如此遥远的距离上精神上的转移与物质上的转移之间存在巨大的差异），但我还是希望为赞拉加油。的确，我担心悲伤可能给火星带来最严重的后果。因此，当我突然表达出对未来的乐观预测时，我惊讶地发现她的容貌焕然一新。

直到几个小时后，当我独自一人时，这一事件才引起了我的极大焦虑。我记得，尽管扎拉表现出了浓厚的兴趣，但她后来谨慎地避免了对该主题的任何暗示。但是，在随后的傍晚事件中，这没有引起我的注意，并且很高兴观察到我的话语对她的抚慰作用，所以我不再进一步思考了。

我们走下一段石阶，降到了水的边缘，当我们踏上狭窄的卵石海滩时，满怀诚挚地赞叹着被沙质岩石所包围的萨拉拉："你是对的，亲爱的哈罗德，我们必须充满希望，不要浪费我们在一起的珍贵时光，而后悔却是无用的。我们将永远彼此相爱，如果我们勇敢甚至死亡，爱就会找到方法！"

可怜的撒拉！我几乎没有想到，当她说出这些话时，她心中已经形成了一个绝望的计划，那就是在第二天结束之前，确实可以证明她"勇敢至死"。

她离我越来越近,把美丽的脸露出我的脸,片刻后说,她似乎读懂了我的灵魂:"在我面前有一项责任,哈罗德,在我身边,我有力量表演,但没有你,牺牲太大了。"

"什么事,最亲爱的?"我问,按下我握住我的嘴唇的小手。

"这是要摧毁我告诉过你的邪恶的工具。我以前没有勇气这样做,因为我担心返回地球的安全,然后销毁它会使我感到恐惧。但是现在我必须永远抛弃这个可怕的东西,它具有揭示我的同胞思想的力量,以至于它的机制可能永远不会被人们所了解,从而证明了对世界的永恒诅咒。"

扎拉用这些话在附近一个山洞的阴暗中消失了片刻,然后带着一个小金属盒回来,用一种出卖情感的声音说道:"把它拿起来,哈罗德,扔到远处的水里去。湖,它将永远消失在眼前!"

萨拉( )对这个装置的诚挚恳求,证明了它的存在深深地困扰着她的良知,并限制了我进行任何试图说服她的尝试,从而切断了如此分散的两颗心之间的联系。因此,我拿起了箱子,并竭尽全力把它扔进了湖里,沉入湖中一直是一个秘密。

迅速飞过那些命运注定的珍贵时刻,来自不同世界的两颗心应该品尝彼此的爱,然后-什么?仅凭我们的伟大爱情,我们就深深地喝着幸福的杯子，离别的时刻越来越近，似乎只是地平线上的乌云。最后，我们屈服于必要，我们退后了脚步，留下了喜悦之爱的景象，离别的恐惧充斥着我们的心，扼杀了我们的幸福之语。

奇怪的是，当我站在另一个世界中时，我的外星脑海里涌现出一些克林顿·斯科拉德的线条，我曾经学过，却根本没有想到它们的重要性：

"瞧，这是不可避免的时刻
当你和我亲爱的人必须分开时；
当心从爱抚的心中摔下来时，
无蓬的天空变成了沉闷的灰色。"
一片寂静降临在我们身上，他们都害怕将我们知道的想法说出来。然后，当我们的心在夜幕降临的神圣寂静中听见心跳时，撒拉喃喃地说，绝望地抱住我，"哦，哈罗德，我的爱人，我们怎么能承受分手的痛苦！"

"亲爱的，我愿意献出生命与你同在！" 我回答了，热情地把她逼向我，但是我的语气更加舒缓，

"我们必须勇敢，爱，只有一天。明天我会回来，但是在我离开地球之前，我将与阿尔莫斯交谈，并告诉他我希望永远抛弃我的身体，并恪守精神在火星上，在一个由两个上部隔间构成的振动器中，我的精神可以无限期地保持，然后我每

天都会通过的方式见到您。明天，最亲爱的，我将以好消息回到您身边。"

"啊！哈罗德，你看不到这样的事情是不可能的-你不能通过女人的眼睛看到它。不，不！我再也见不到阿尔莫斯了！我通过他的媒介把爱献给了你，并看到了他当你缺席时，我将承受更大的痛苦。哈罗德，我必须和你一起去你所生活的世界，在那里我永远可以拥有你。"

我用爱与保证的话语试图安慰勇敢地为我效忠的那颗勇敢的小心脏，由于害怕让她处于这种不快乐的状态，我一直徘徊，直到巴黎还没来得及离开天文台波浪接触。向扎拉解释了这一点，我们匆匆赶往别墅，然后，当我们爬上阳台的台阶时，我看到一个巨大的高速类胡萝卜素，与我的距离很近。撒拉恳求我解释这一点，并解释说，通过将小类类胡萝卜素的高度提高几百英尺，我可以安全地超过当地交通的惯常速度。她解释说，她的兄弟刚刚从北部回来，在那里度过了一天的冬季消遣。

我的内心充满了离别的悲伤，以至于对这样的奇迹都没有热情，而且，意识到我对阿尔莫斯所陌生的类胡萝卜素不习惯，我决定信任那些到达天文台。但是没有一刻会迷失，并且恳求勇于勇敢，直到第二天晚上我回来，我最后一次热爱她，将她压在心上。

哦！那一刻的痛苦，因为我感觉到我细长的身体被抽泣抽搐了，而我却疯狂地挣扎着撕碎我内心的情感，低声说着充满激情的话。最终，我在夜空中升起，受到命运的谴责，向我崇拜的她走去了数百万英里，我的灵魂在痛苦中大叫：

"'啊，爱！你和我可以命运同谋吗
掌握整个事情的遗憾方案，
我们不会把它粉碎成碎片，然后
重新使其更接近我们内心的渴望吗？'"
第十一章。
火星天文台的发现。

尽管我很清楚到达天文台的致命后果为时已晚，并且意识到在这条缓慢行驶的类胡萝卜素中，我穿越五英里的机会很小，但我如此沮丧和绝望，对此我丝毫没有考虑。确实，我的思想完全被撒拉的思想所占据。我徒劳地搜索了的科学知识，以寻求在数百万英里的太空中进行运输的手段。我所有的理论都得出一个结论，那就是不可能有如此大的距离进行物质运输。当我以为自己的幸福多么短暂时，我的心就沉入了我的内心。但是随后，令人迷惑的意识到，孤独的永恒不会付出太多无法言喻的喜悦，而这是我无法承受的。当我升到幸福的最高峰时，我被允许体验的爱的喜悦-我原以为是爱的爱，但后来却变得更加绝望。然后我感到非常痛苦，因为我意识到，在我独自一个人遭受痛苦之前，我通过一个沉思的举动将自己带到了自己的痛苦中，但是现在，我的痛苦得到了一个与我同在的充满爱心和信任的心根据命运法令。

我想到扎拉生活中的不幸，使我发疯，直到最后，类胡萝卜素停在天文台的阳台上，我走了出来，几乎不在乎波浪接触是否停止。无论如何，我都会进入振动器，并立即履行我对的义务，因为我被允许通过的慷慨来访问这个名副其实的天堂。然后，如果仍然存在与巴黎的波澜接触，我的精神就会回到躺在那里的我的身体，但是如果没有，我感到命运将会解决那使我沉入的无望的纠结。

当我穿过阳台时，我惊讶地发现一个高速的类胡萝卜素靠近我所知道的属于藻类的类胡萝卜素。这是什么意思！我无法设想游客会进入天文台，但知道没有阿尔莫斯，因为我很清楚火星人心中的住所是神圣的，尤其是当该住所是天文台进行此类实验和观察的剧场时由。

我大为不安，转身走进了大楼，匆忙地走下了走廊。当我到达大房间的门廊时，一个人在里面走动的声音引起我的心脏狂跳，然后，推开窗帘，我看到了莱昂。

有一会儿，我惊讶得不知所措，然后，当他面带微笑地伸手向前推进时，我立刻知道他是应阿尔莫斯的要求而出席的。不用再花时间思考，我握住他的手，亲切地向他打招呼，意识到无论拜访的对象是什么，都知道，在任何情况下我都不应感到惊讶。雷恩不等人问我，便给了我一张纸条，我在上面观察了阿尔莫斯的笔迹。

"，我认真地遵循了您的指示，关于振动器，半小时后，我关闭了超半径的电流。我正准备离开。您回来的时间很晚，对吗？"

雷恩这样说话的时候，我已经抽出时间匆匆浏览了阿尔莫斯在我手里握着的纸条上写的指示，我现在回答说，竭尽全力使自己显得镇定自若：

"我午饭，迟到了整整一个小时，确实很抱歉让您久等了。但是现在，我的好朋友，您一定要离开；我将不会拘留您多于感谢的时间衷心感谢您。"

如此说来，我热情地握了握他的手，并陪着他到阳台上，挥舞着他。

因此，我表达了对雷恩的感激之情，绝非仅仅是在表演。我匆匆看了一眼指示，使我确信他是挽救我生命的手段。在没有注意到所提到的小时的情况下，我在讲话时才有足够的时间来注意他被指示打开振动器上腔的电流，并在半小时后关闭超级半径。当前。我以为阿尔莫斯已经准备好挽救我的生命，以防万一我到达天文台太晚而无法返回地球。他以极好的预见力-甚至可能是我迟来的预兆-要求前往天文台，并指示他在某个时间做什么，结果，在此之前，的精神已经转移到我的巴黎体内失去了波的接触而永远失去了我赶紧去找那位检查者，我现在检查了一下，发现里恩忠实地执行了指示，尽管他没有意识到自己这样做挽救了生命，毫无疑问地认为在阿尔莫斯不在的情况下，他只是关注细节重要实验

我感到我永远无法偿还他为我的安全所做的一切。第二天晚上，我将进入振动器，并严格按照在前一个晚上所做的操作。当的灵魂到达时，他便将电流改变为流出的电流，并将我的灵魂散布到地上。

尽管我对的想法因在天文台找到的兴奋事件而中断，但我很快又再次被这个念头所吸引。我的头靠在手上，一个小时接一个小时地坐着，努力构想出一些计划（无论多么危险），这将使我能够与一起留在火星上。但是，绝望的阴霾只会加深，所有解决方案都被取消了。

在我脚下放着一张纸条，上面印着关于雷恩的指示。在漫长的深思中，有很多次我的视线都停留在它上面，只是在我遇到新问题时才去寻找新的对象。突然，我站起来，从地上抓起纸，我惊叹不已。第一次，我注意到里昂要执行他的指示的时间-离我出发的时间还有三个小时！

然后，故意计划在地球上取代我的位置，并作为回报在火星上给我。我一直对这些计划一无所知，但我不知道，但是，当我凝视着手中的报纸时，我的心思逐渐理解了阿尔莫斯所拥有的一切，直到现在，对我而言都是如此。

在这些奇怪的启示的驱使下,我急忙来到寝室,急切地环顾四周,寻找一些信息,这些信息将更充分地解释阿尔莫斯人离开地球的原因。我也没有失望,因为在沙发上放着一封写给"哈罗德·伦斯代尔"的信。阿尔莫斯自然地以为我会在发现他已经死了之后不久就退休,然后我会在信箱中找到这封信,这是雷恩观察不到的。

当我阅读其中的内容时,我的眼睛充满了压倒性的感激之情,我的内心深深地怀念他,在这个简短的信息中,这是对一个坚强而高贵的品格的牺牲,为我提供了他在火星上的生命他所知道的爱是我的,但是我永远无法拥有。

在强烈的情绪影响下,我在房间里走来走去,我放下了这封信,只是再次拿起它,然后仔细地重新阅读了它的内容。生活在地球或火星上的其他人,对我而言,今晚所做的工作,不及阿尔莫斯。他不仅挽救了我的性命,而且还给了我比这更宝贵的东西。那是一份王子的礼物,而我的思想,就象在雇佣军世界的狭窄生活中那样受过训练,却很难理解它赋予我的无限的幸福和爱心。睡觉是不可能的,我渴望早晨,以便我可以加速我心爱的人,并告诉她我们的幸福。

第十二章。
危险的警告-与死亡赛跑。

慢慢地爬过漫长而乏味的黑暗时光。漫长的绝望之云笼罩了我很久，如今我仿佛被魔术驱散了，我实在不耐烦。我的心向往那一刻，凝望着萨拉（）奇妙的眼睛，我应该看到那里-而不是那吸引人的胆怯的眼神，充满了与情人无可救药的恐惧，那使我的心在我们最后的分离中如此震惊-但完美的满足和满足的渴望的光芒四射的幸福。我把自己扔在沙发上，当一个悲惨的人嫉妒地指望着他的金子时，用渴望的手指抚摸着每一个珍贵的地方，所以我思考与一起度过的快乐时光，仔细地回顾了每个黄金时刻，用爱的悔负担来。

突然我突然站起来了-"哈罗德，我的爱人，救救我！救救我！" 在我的耳边响起。

这是撒拉的声音，她面临着可怕的危险。

冲进隔壁的房间，我焦急地瞥了一眼-一切都还没动。就像我离开时一样，无数的书籍和工具躺在那里，我逐渐意识到，对最近的经历感到厌倦，我不知不觉地睡着了，而萨拉（）的呼救只是一个梦。

尽管这一发现使我大为放松，但我的思想仍处于动荡状态。我被一种危险的感觉所压迫，尽管我竭尽全力克服火星上的天文学发现，但是我发现这是不可能的。抛开我努力阅读的书，我开始站起来，不停地来回走动，但是每一次脚步声，回荡在深沉的寂静中，似乎是一种吸引人的求助之声。我预感到撒拉拉身上笼罩着可怕的危险，并以为我仍然不活跃，尽管我可能会救她的念头发疯，我冲到了阳台上。

太阳刚刚升起，但是在地球上漫长的阴影中，出现了最黑的黑暗和最明亮的光的鲜明对比，代替了地球上美丽的东部天空的灰蒙蒙的曙光。在没有地球浓密的大气所引起的光扩散的情况下，夜晚似乎停留在白天的脚步声中。尽管在其他情况下这种火星日出的显着效果本来会令人愉悦，但现在只能起到加深我的忧虑的作用，警告我，我身处一个陌生的世界，必须做好应对特殊紧急情况的准备。

我只有一个念头，就是要尽快到达萨拉并把她从威胁她的可怕命运中解救出来。命运是什么，我不知道，但我能感觉到它的存在，就像凶猛的野兽的热气一样，因为它屹立在其受虐的受害者上方。我现在非常痛惜失去的宝贵工具。

我用急切的双手为旅途准备了高速的类胡萝卜素，感觉到我必须相信对它的操作的了解才能安全地完成任务。尽管我意识到这种速度如此之快的类胡萝卜素使危险增加了千倍，但担心即使现在我也来不及，迫使我不得不使用它。

取代我在汽车前部的位置，我发现自己的手本能地寻找操纵杆，并谨慎地操作操纵杆，而这只有长期的经验才能使我感到放心。

上升到足以避免小类类胡萝卜素的高度，我以相当快的速度前进，很快就进入了萨拉（）的住所。这座美丽的白色大理石别墅宁静而宁静的外观，在早晨的阳光照耀下，迅速消除了我在这么早的时候带给我的恐惧，我很高兴地将它们归因于过度劳累的神经和一夜的睡眠。

而且，当我慢慢地绕过湖面时，距离和我们为自己建立幸福世界的渴望凝望在一起时，我觉得如果我有危险的话，我已经接近她了预告证明是真实的。在我们幸福的景象中，我会在整个分离的最后几个小时中等待。

缓缓下降，我把类胡萝卜素停在别墅树木遮蔽的地方。在几英尺远的地方，小溪在飞向湖水的过程中，在阳光下闪闪发光，当我打开车门时，欢乐的歌声在芬芳的晨风中起，嘲笑我在山坡上的预感。这个和平的世界，因为它嘲笑了我前一晚的绝望。

当我走进温暖的阳光下，朝湖边走去时，我的内心充满了喜悦。不会与我分享我们永远不再需要分开的知识的幸福。

"可怜的萨拉！" 我喃喃自语，因为对我们最后一次离别的记忆，因为它对孤寂的希望的极大痛苦，使我心中一阵。"你杯中的苦果确实很大，但是已经过去了。哦，我的爱人，醒来充满了喜悦的新的一天，悲伤不会再穿越你的路了！"

我停下来,幻想着听到脚步声,回头一眼,专心地听着。一切都静止了,当声音再次传来时,我正要继续。这次我不会弄错。那是急促的脚步声,距离别墅很远。

我仍然被树木所掩盖在别墅中,但在三十码外的小溪对面是一个可以欣赏到它的开口。我加快步伐,渴望了解不合时宜的活动的原因。再过一会儿,我应该已经来不及看到一个小小的身影,身上摆满了包裹和其他旅行装备,赶紧穿过阳台,走进前一天晚上我在那儿观察到的大型高速类胡萝卜素。

真是撒拉!但是这么一个小时匆匆离开的原因是什么?突然,我疯狂地抓住了我,冲向别墅,我疯狂地打电话给她,但是为时已晚。她没有见过我,在我迈出许多步骤之前,类胡萝卜素迅速上升到很高的高度,消失在树上。

不会失去一刻。转过身,我疯狂地冲向我如此愚蠢地躲藏起来的类胡萝卜素。到达溪流时,我偶然发现藤蔓缠结,跌入其中,只好在对面的河岸上争先恐后地滴下,擦伤和瘀伤,并继续疯狂地努力,直到的车不见了。我的意图不是我所知道的,但是一早,她离开的匆忙,以及她哥哥的缺席,全都引起了我在漫长的夜晚困扰着我的恐惧。

经过一段似乎要耗费数小时的旅程,我终于到达了类胡萝卜素,然后跳了进去,矢上了门。我疯狂地抓住了控制升力的操纵杆,将其拉动,以便立即暴露出全部的排斥力,汽车以极高的力向空中飞来。

震惊把我从脚上甩了下来，但转眼间，我的目光再次注视着远方只有几英里的斑点，我知道这是一个拥有我所有生命的类胡萝卜素。当汽车以极快的速度向前冲去时，斑点消失了，我立刻意识到萨拉已经到达了一条运河，她把她的类胡萝卜素变成了运河。现在，我无法看到她朝哪个方向行驶，除非我在几秒钟内到达运河，否则我就会感到超越她的所有希望都将消失，因为她无疑会全速前进，很快就会迷失方向。视线。

最大程度地打开了控制下方腔室中空气排出的阀，汽车的速度很快变得异常出色，并且随着速度的加快，速度越来越高，我看到了的类胡萝卜素向北移动。

出于对所有安全的漠视，我转向北方，于是形成了三角形的第三面，而另一面就是采取的路线。这种运动大大减少了两个类固醇之间的距离，当驶入运河的赛道时，我发现自己离后方只有几英里，这让我大为放心。希望看到汽车在她身后如此近的速度闪过，但在我的脑海中闪过。但我立刻意识到，在如此可怕的速度下，即使一秒钟，即使是一秒钟，向后看一眼，这种事情都是不可能的。冲破运河的侧面而破坏。我唯一的机会就在于超越她并发出一些信号，然后我用空着的手拧紧调速阀，努力将其打开得更宽。

我们加快了在地球表面狂野的职业生涯。数百英里迅速扫过我们下方，但我似乎没有站起来。我试图通过寻找扎拉（）

奇怪行动的合理理由，努力地使潜藏在那里的恐惧无济于事。

在我们飞行时，每个类胡萝卜素都以其最大速度飞行；扎拉肯定已经向北走了足够远；她必须尽快放松速度，以拒绝支渠，然后我将能够在她的汽车旁边行驶并发出我的信号。里面充满了希望，我像溺水的人一样紧紧地抓住稻草。

逐渐变冷的汽车中的空气现在变得刺痛，当我用麻木的手抓住转向装置时，一个白色的物体隐隐在远处，在我身下飞了一秒钟-另一个来了，然后随着它们越来越多地出现，我观察到它们是巨大的冰块。景象使我充满了忧虑。现在虽然无法阻止我们取得如此巨大的势头，但是尽管面临着巨大的危险，我们仍在不断前进的北方继续前进。

这次危险之旅的原因可能是什么？扎拉没有意识到她所面临的危险，因此疯狂地冲进了北方的荒野-排斥极地地区-而没有制止这种手段吗？

突然，一个恐惧的念头进入了我的脑海，我惊恐地缩了缩。我的感觉激动起来，一种奇怪的感觉笼罩着我，就像与我一起呆在车里一样。"不，不。"我咬紧牙关。"不可能！她肯定会意识到这将要造成某种可怕的死亡！"当我疯狂地扭动阀门以提高速度时，一个奇怪的空心声音在我的大脑中回荡，嘲笑我无法言说的痛苦，并恶作剧般地哭着："你的爱没有停止的念头；她加快了步伐。新郎，死亡！"

当热铁灼烧活着的肉时，这些话燃烧到我的大脑中，着火了。那是死亡的声音-没有任何活着的凡人都可以误解的声音-我也意识到这是我离开地球时在国外的狂风暴雨，以及在危险之中溪流和平的歌声。死神就这样从我的世界中走出来了，在那个世界上，他通过诱使我的新娘抱抱怀抱，以为自己报仇，从而使我报仇？

继续，我们冲进了可怕的杆子区域。运河的所有痕迹都消失了，在我们面前只有一块巨大的不可居住的冰原。我站在摇杆上，被强烈的寒冷冻僵了，但我的目光一直盯着我面前的飞行物体，而我心爱的人的眼神如今已接近死亡，迅速地从发烧的大脑中掠过。仿佛死神打算折磨我一样，在将我所爱的人从我的怀抱中撕裂之前，我似乎无所事事地站着，看着两个情人-萨拉和我自己。我弯下腰，试图用虚假的希望安慰她-一个无法实现的故事。我成功了；现在我看到自己已经把死亡所困的陷阱放到了陷阱里，把她吸引到他身边，在惊叫中，我试图从冻结的杠杆上撬开我的手，这样我就可以我看不到这样的景象

我现在意识到了这一切的意义。萨拉（）无法获得将她送出火星所必需的排斥力，她正朝着排斥极奔去，将其从地球上抛下，冒着一切希望被吸引到反对地球的希望。这真是徒劳的希望-，我对此太了解了。她正要死去，这是我引诱她去的死，我的亲人的血将沾满我的手。

拼命地，我用力地握住冰冻的手，使他们摆脱了附着的金属，有一个疯狂的想法，那就是砸碎窗户，大声地呼唤萨拉。在我的努力下，皮肤像纸一样从肉上撕下来，最后我松开了手，却发现我的手臂无助地垂在了我的身边。

在对我完全的无助的悲伤和绝望中，我跌倒在膝盖上，大声喊道："哦，我的天哪！把她从这可怕的死亡中救出来！"

突然的忧郁感笼罩着汽车，我挣扎着站起来，发现我们进入了半黑暗的地带，在冬季，它们遮盖了极地帽。我们的厄运即将到来-现在什么也救不了，只有立即使我的车转弯然后返回，我才能保护自己。但是没有撒拉拉，生活对我来说是零活-我宁愿死也不想死。命运注定要与世隔绝，我们将一起面对死亡。

我可以朦胧地看到的车在白雪皑皑的白雪中划过，但是，即使我现在无奈而无声地站着等待终点，一条黑线迅速散布在这片白色的田野上。远处，一切都是黑色的。当这条清晰的边界线迅速驶向萨拉的汽车时，我的血液在我的血管中冻结了，因为在这片裸露的黑色岩石中，我认识到了北向极的可怕威力。有一瞬间，我的心拒绝跳动，然后一声巨大的痛苦绕了我的嘴唇，因为萨拉的汽车以惊人的速度飞向太空。

闭上眼睛，我等待死亡。在我看来，我顿时以清晰的口音听到了的声音，然后发生了巨大的震撼，把我拉到了类胡萝卜素的远端，家具，书本和工具被弄得乱七八糟。他们的紧固件。陷入一种完全的无助的状态，我的感官迅速离开我，我躺在那无法摆脱沉重的负担。

在这种昏昏欲睡的状态下，我仍然完全不了解时间的流逝，直到感觉到可怕的压力减轻了，我睁开了眼睛，梦想着看到那些沉重的乐器和家具轻轻地移开，并在它们轻轻地漂浮着时相互碰撞。在车内。

减轻了巨大的负担，我现在呼吸更自由了。我的感觉越来越清晰，很快我就意识到附近有嘶嘶声。我昏昏欲睡地朝着声音的方向转了转头，发现它是从类胡萝卜素侧面的门发出的。瞬间，我的全部感官又恢复了，就像在恐惧中我意识到原因所在一样——汽车的空气在没有的情况下逃逸到了宇宙的空隙中！我拼命地努力挣扎，但由于没有重量，这种努力只导致我无助地在汽车上漂移，直到喘不过气来，我才意识到终点已经到了。

一时的意识又被轻轻地吸引到汽车地板上，而那些随处漂流的家具和其他物品却轻轻地堆在我身上，没有任何明显的重量；然后，随着令人窒息的感觉变得更加强烈，我开始感觉到一片漆黑，我的感官开始绕-

第十三章。
危险旅程的结束。

一个高大，瘦削的身影，身着黑色长袍，站在离我一段距离的地方。我知道那是死亡，因为在引擎盖下，我看见那具咧着嘴看不见的眼孔的咧着嘴笑的头骨，然后我转过身来，令人讨厌。但是，即使我这样做了，骨骼的手臂还是受到欢迎地伸开了，向他们伸出了些许少女的形状-真是太好了！一会儿，我惊恐地瘫痪了，然后冲向现在退缩的人物，我疯狂地喊道："莎拉！莎拉！逃脱不死！我在这里，你的哈罗德在这里！" 突然我从后面被抓住了；刹那间我的力量似乎被削弱了，我精疲力尽地回去，在绝望中哭泣："哦，天哪！救救她！救救她！"

一只凉爽柔软的手放在我燃烧的额头上，甜美的声音轻轻喃喃道："可怜的哈罗德！如果你只知道上帝在他的怜悯中救了我们俩！"

是生者的声音，而不是死者的声音，慢慢地，这些词在我困惑的大脑中形成了一种含义，将我从无意识的深处拖到了我周围仍然存在的生活中，温暖起来就像是生命的力量。女人的爱。我睁开眼睛，看见莎拉弯下腰，她美丽的脸庞充满着同情心。似乎在一个梦中，我所爱的人来到了我身边，有一刻我安静地凝视着她的脸，既没有好奇心也没有惊慌。然后，当我的脑海意识到所有发生的事情时，我忽然感到困惑，紧紧抓住想要放松的手，以免视力消失了，我哭了：

"我亲爱的撒拉，对我说话！我们是被吞没了我们的死亡所拯救的奇迹，还是死后我们灵魂的奇怪聚会？"

莎拉听见我的声音，紧紧地双手祈祷，然后将脸埋在我的肩膀上，任由泪水泛滥。

"哦，哈罗德，我的爱人！" 她抽泣着。"感谢上帝，您已幸免于难！这确实是一个奇迹，因为月亮在野外飞行中拦截了我们的类胡萝卜素，因此在第十一个小时将我们召集在一起，使您无助而垂死于我的脚下。"

"月亮！" 我喘着气，抬起自己，惊讶地凝视着窗外，因为我的思想逐渐理解了我们从死亡中脱发的过程。

一团炽热的火球从周围浓烈的黑色中发出光芒，满足了我的全部目光，我疲惫不堪地沉入等待着我的怀抱中。

"告诉我更多，亲爱的，" 当我感到极大的幸福时，我说，我的内心充满了渴望听到我所爱的温柔声音的简单愿望。无论我们是否到达火星，对我来说有什么关系？现在，未来对我没有任何恐惧；我拥有的足够的力量，因为包围我们的类胡萝卜素的墙壁似乎包围了整个宇宙。

"啊，我的爱人！" 萨拉拉叹了口气，弯腰弯腰，握紧了我的手，"现在危险已经过去，你又恢复了我的生命，漫长的痛苦似乎是一个梦。但是，哦，那一刻让我感到痛苦另一个接近我的类胡萝卜素，位于我的月球表面，它拦截了我的地球之旅！我的灵魂大喊：我心爱的人在其中被窒息地窒息死亡，还有谁能像我一样疯狂地追赶着我！我将氧气呼吸器戴在我的嘴上，从汽车上释放出的空气突然溅到了地表，几乎没有怀疑潜伏在地上的危险，但是月球上的重力是如此之小，以至于我没有明显的重量，我迈出的每一步都有上升的趋势，这让我感到恐惧，然后我的手和膝盖缩在几码外的类胡萝卜素上。打开门，我发现你显然躺在地板上毫无生气。我，就是我的爱躺在死亡中" 紧紧抓住我，以为你离我太近了，只因被死亡之手撕裂而绝望，我抬起你，急忙带你回到我离开的那片类胡萝卜素。少量的重力现在对我有所帮助，而我却没有感到负担。

"在汽车中注满氧气并施加再生射线，我等待着生命的征兆。哦，那一刻的痛苦，就像在绝望中疯狂地叫你的名字一样！最后这个征兆来了-嘴唇颤抖，微弱呼吸-我知道那是有希望的，渐渐地，你的呼吸变得越来越强，但内心却发烧，在这个陌生的地球上漫长的长时间，我跪在你身旁，听着你妄的叫声一遍又一遍的经历，一点一点地，在痛苦的哭声中，我痛苦地哭泣着，我了解到你是怎么来得太晚了；你是如何跟随我的类胡萝卜素的，却无法阻止我，因此匆忙到我的命运，被扔进太空，没有为这样的旅程做准备；你如何窒息而死-哦！我的爱人，当你躺在漫长的时间里，用狂野的不可见的眼睛凝视着我-永远呼唤我名字-恳求我不要急于死-我终于对你的生活感到绝望，我的灵魂准备好了 自己与您同行，飞向更远的生命，让我们的身体紧紧握在彼此的怀抱中，环游世界，这个世界一直在剥夺我们的爱，直到时间的终结！

"但是突然有理智的光芒进入了您的眼睛,您的声音失去了狂野的口音,我知道您已经恢复了我的生命。在几小时内,哈罗德,光线将完成工作,而您将成为完全拥有您以前的力量。"

我们现在期待的未来多么美好!人们忘却了我们处于天体上但直径只有几英里的天体上的危险,而重力只有勉强足以将我们固定在其表面上,这使我们忘却了在一起的快乐,并感到我们再也不能分开了。

自从我离开她以来,我与撒拉发生了一切;我是如何在天文台遇到雷恩,并得知阿尔莫斯离开地球的,以及后来我如何发现阿尔莫斯给我们的信,使我们感到绝望的幸福。现在快速的黑暗侵袭警告了我们临近阴暗夜的到来。因为与我们在一起的黑暗必然意味着在我们绕地球旅行的那段火星与之相对的白天,我感到现在已经到了采取行动的时间,因为火星将变得可见。此外,由于这颗快速移动的卫星的昼夜时间只有三个半小时,我意识到为危险的旅程做必要的准备不应该浪费时间。但是,尽管我现在可以站起来并用胳膊了,但我丝毫没有恢复我的全部力量,在将自己的计划摆在撒拉面前之前,她敦促我不要进行这样的旅行,直到光线灿烂完全恢复了我 因此,决定将我们到达火星的尝试推迟到第二天晚上。

但是不久，一个奇怪而无法预料的事件警告我们，在这个小巧的月亮表面上，我们面临着巨大的危险，使我们别无选择，只能立即离开。

第十四章。
从月球上摔下来。

我们一起站在沉默中凝视着我们所看见的月球小表面上的深渊，当太阳从视线中掉落时，他们感到敬畏的压抑，使我们陷入了黑暗。

突然，从漆黑的天空中出现了一个巨大的新月形，延伸到远远超过我们的天空。它的景象使我们着迷，当我们惊叹于美丽的光拱的壮丽部分时，它的宽度不断增加，对此敬佩不已，我们逐渐意识到，这是我们月亮绕行的那颗太阳的边缘周围的世界，我们被抛向这个世界，我们必须回到这个世界。

崇高的敬畏精神压倒了我；我意识到我们注视着风景，并且感受到了前所未有的强大力量。在我的脑海里遍历着艾迪生的颂歌：

"高处的宽敞穹苍
与所有的蓝色空灵的天空，
闪闪发光的天堂，闪亮的框架，
他们伟大的原始宣言。
发光的时候永远唱歌

造我们的手是神圣的。"

慢慢地，光线掠过了行星的表面，直到巨大的照明球体几乎充满了整个天空，使人眼所见的最精致宏伟的景象成为了现实。

"亲爱的！" 我突然冲动地说，这是我想到的一个最了不起和可怕的事实，"虽然我们似乎从死亡中解脱出来，这真是太神奇了，这比我们所设想的还要神奇！在太空中，我们必须描述了一条弧线，因为这颗卫星永远不会越过极点。"

"怎么可能这样呢？" 沙拉带着重重的口音回到了萨拉，越来越近，因为我们狭窄的逃生的可怕使她感到震惊。

"啊，我的爱人，我们可能永远都不知道！" 我回答了。"所有这些奇观的伟大创造者，实际上已经引导我们进入了我们在太空中狂奔的避风港。我们只能得出这样的理论，直径达数英里的电线杆从其边缘向我们投掷，巨大的排斥力不允许我们的类固醇在其表面上行进。然后，行星在其轴上的旋转运动将使我们描述从其表面飞行的曲线，因为只有在极点的中心，旋转运动才会失去作用。"

当我说完这些话时，萨拉怯怯地低语道："哦，哈罗德，想到这些可怕的事情，以及这个巨大的地球笼罩着我们的景象，让我感到恐惧！你认为我们会再次回到我们的世界吗？它似乎离我们如此之遥，却又离我们如此遥远。在这场动荡的漩涡中，我们真正的原子是什么！"

"我想我们不可能错过它，亲爱的。"我高兴地回答，当我将手臂放在她身上，并将她从可俯瞰火星景象的窗户上拉开时。"来吧，让我们看看支持我们的小地球仪；我们完全错过了这种巨大的光反射的美丽效果"

现在，月球表面沐浴在美丽的散射光下，周围的环境再次可见。确实，现在已经清楚地揭示了许多物体，这些物体是我们从阳光照耀下无法看到的，因为它是从没有任何气氛软化的天堂中腾出的。我们走近一扇窗户，看着这些有趣的新物体，当莎拉突然沮丧地大喊："看，哈罗德，看！另一个类胡萝卜素在动！"

我迅速地朝着指示的方向注视着我，这是我从火星开始的那种类风筝，它以急促的动作移动了几码远的空间，然后令我极为恐惧的是，从月球表面滑入了太空。同时，我们站立的那辆车晃了晃，好像要翻过来。

片刻不容错过！某种未知的力量正在影响月球表面上的可移动物体。我不知道这种力量是什么，但是类胡萝卜素滑行的方向证明它不是火星。我们的位置现在极度危险，因为如果我们突然滑入太空，我们无疑会迷失方向，因为必须有空气来推动汽车。因此，如果没有气氛，我们将是无助的，完全是未知和神秘力量的摆布。确实，很明显，只有体重增加才使我们免于立即追随另一个类胡萝卜素，我感到随时都可能这样做。尽管缺乏推进力，但我希望我们的排斥力（我知道，月球表面的微小重力必须将其排斥力极大地提高），才能使我们从卫星上直射而出，进入火星的重力影响。

我抓住控制杆，向汽车地板上的他求婚，但即使她这样做，类胡萝卜素又以更大的暴力再次摇晃-在另一刻为时已晚！推开杠杆，我将全部排斥力暴露在月球表面。震惊把我扔到了地板上，我们向上射击的力量是如此之大，以至于我无力移动手或脚。在我看来似乎是几个小时的时间里，我不得不留下来，对自己给亲爱的人说鼓励的话感到满意，我深感恐惧，震惊的冲击使他们遭受了沉重的打击。最后，发现我可以站起来，我急忙走到她的身边，令我欣慰的是，发现她完全没有受伤。

因为不可能以任何方式来控制类胡萝卜素在太空中的加速，所以对我来说，站在操纵杆上毫无用处，在协助升起时，我们走近汽车车顶的窗户，向上瞥了一眼行星我们赶往的地方。一个非凡的现象在我们眼前！火星似乎不再是一个球体，而是我们从月球上看到的巨大地球，而是一个巨大的穹顶，它悬在我们身上，随着我们冲向中心而不断加深。尽管我知道，要想产生这样的效果，这似乎是不可思议的，但我们必须已经覆盖了两个物体之间一半以上的距离。我们向上射击，尽管无法确定我们的行进速度，但通过我们上方圆顶的快速变化，我知道我们的速度一定很棒。

我们已经变得越来越轻，现在我们发现自己完全没有重量，需要付出一些努力才能将脚放在汽车地板上。

仍然向上，我们冲进圆顶的中央，圆顶向下延伸，像一把巨大的雨伞一样包围着我们。突然之间，没有任何轻微的汽车运动，圆顶就好像在旋转，直到它落在我们下面。刹那间，我们感到脚踩到汽车地板上了。

"亲爱的，我们现在可以免受未知力量的伤害！"我大叫着，焦急地检查了控制下降的杠杆，以确保金属完全暴露。"我们正在火星上落下，而我们令人反感的金属应该很快会检查我们的速度。"

"哦，哈罗德，我的爱人，"莎拉叹气，紧紧地抱住我，她的眼睛里充满了眼泪，充满了向往的渴望，"我的内心对包围我们的危险感到绝望！以你为我的目标不惧怕；但现在我有了你，我是一个胆小鬼。我们的爱被禁止了，我们应该被这些可怕的危险追捕吗？"

"勇气，最亲爱的！"我肯定地说。"我们很快就会安全，然后任何事情都不会打断我们一直为之付出的幸福。"

我躲避了她内心深处的焦虑，并通过在行星表面奇妙的外观上发展一些理论来努力使她感兴趣。

就像一个巨大的杯子，这片土地现在在我们周围伸展开来，但我们仍在以惊人的速度下降。我注意到车内的空气越来越热，现在，我充满了忧虑，伸出了手，摸了摸墙。我立即撤回了它-墙很热！就像一刹那，我们可怕的危险的全部实现突然降临在我身上。在进入空气区域之前，我依靠金属来检查我们的下降情况，并假设我们将在完全控制的情况下轻轻漂浮在地面上。但是现在，我看到自己错了多么愚蠢，没有考虑到我们在六千英里的太空旅行中将获得的巨大动力。尽管有强大的排斥力，但这种势头现在仍将我们带到了地面，而且速度如此之快，以至于当我们冲过它时，与空气的摩擦都产生了热量。类胡萝卜素底部发出的吱吱作响的声音证明，在到达火星表面之前，排斥金属正在为克服这种势头而作斗争，但是我发抖，因为我意识到它对这种巨大力量几乎没有影响。

几秒钟后，空气变得难以忍受，当她喘着粗气把脸转向我说话时，扎拉然地躺在我的怀里。我温柔地将她放在地板上，我匆忙用湿毯子包裹着她，然后，在自己身上洒了水，我又一次跨过车子驶向窗户。我们仍然在迅速下降，但是，当我感觉到汽车的墙壁时，我发现它们现在更凉了，这证明了我们出色的速度已经降低了。我的脚在汽车地板上压力的增加也证明了我们的下降得到了稳定的检查。我心中寄予了巨大的希望，那就是排斥性金属将及时克服势头，使我们免于遭受破坏。

往下看，我看到远处有白斑。当我意识到这些建筑物时，我的心停了下来。我们离地表的距离不能超过几英里，但是我们还是往下走了。再过一会儿，建筑物清晰可见，当它们似乎冲向我们时，我的心然跳动。我们将被粉碎！排斥力量可能无法及时阻止我们！我绝望地转过身来，把自己摔倒在撒拉旁边，把她抱住了最后的拥抱。

瞬间，震撼人心，震耳欲聋。然后一切都一片漆黑，而大量的水涌向我们。我怀抱中的交错地站起来，只不过被类胡萝卜素的上界再次扔到了地板上。阳光再次充满了汽车，当我挣扎着站起来时，一阵凉风从破碎的窗户里吹进来。我们还要经受什么极端的温度和介质？

我仍然对震惊感到茫然，无法意识到我们是如何从似乎不可避免的死亡中逃脱的，但是我知道我们正在全力以赴。我轻轻地将抬到一个更安全，更舒适的地方，我抓住了操纵杆并逐渐降低了排斥力，直到我们在空中静止不动。

我们已经达到了相当高的高度，当我热切地凝视着我的时候，我注视着我们下面远处闪闪发光的湖面。惊恐地吸了一口气，我意识到了我们的逃生之路。当我们撞到地面时，我们以足以使我们摔成碎片的速度跌入湖中。这辆车在撞到水时遭受的损坏就是证明。我们的下降被阻止了，完全暴露的排斥金属使我们再次向空中飞去，因此很可能使我们免于淹没在湖水之下。

确实，在我们这次奇异的冒险中，死亡确实已经接近我们很多次了，现在所有的危险都过去了，我衷心祈祷我们的安全获救。

在剧烈的高温中，我从包裹在她周围的湿毯子中解脱出来，我焦急地凝视着美丽，昏迷的脸庞。

"我的爱！我的爱！" 我热情地喃喃地说。"你冒了多少风险-为我而蒙受的痛苦！哦，残酷的命运因此延迟了我们的幸福！"

太阳快要落山了，我现在意识到靠近地面下降的重要性，从我现在的高度，我可以确定我们的下落，即使有了阿尔莫斯的火星知识，我也无法识别任何熟悉的地标，而且我我知道黑暗将很快降临。

我再次弯下腰，以我亲人的形式，温柔地亲吻着沉默的嘴唇，但是当我这样做时，她的手臂紧贴着我的脖子，梦想着睁开眼睛，当一个孩子从宁静的睡眠中醒来时，她对我微笑。。

"我们现在很安全，亲爱的，所有危险都过去了！" 我喃喃地说，跌倒在她旁边的膝盖上，我带着她的祈祷，祈祷我在以后的日子里永远保护她。

阴影拉长了；忧郁很快就聚集起来，黑暗笼罩着我们，但我们仍然悬浮在繁星点点的天堂穹顶之下的凉爽夜空中，全神贯注于我们伟大的爱的喜悦。因为实现了我们内心的长期渴望，人们意识到我们的旅程已经结束。

巴黎，二月，一。

自那令人难忘的夜晚以来，已经过去了六个月，那时，哈罗德（ ）和撒拉（ ）带着他们新发现的幸福，被描绘成巴黎的乐器，在火星上我将自己的存在换成地球上的一个之后，我焦急地等待着。自从哈罗德（ ）给我的关于他奇异冒险的叙述以来，我尽力用他自己的话尽可能地在前几页中记录下来，并相信与地球和火星之间的交流开放有关的事件叙述将为科学家即将宣布的更大发展做准备。

阿尔莫斯。

结束。

www.ingramcontent.com/pod-product-compliance
Lightning Source LLC
LaVergne TN
LVHW011727060526
838200LV00051B/3064